宮下志朗
Shiro Miyashita

# モンテーニュ

## 人生を旅するための7章



岩波新書
1786

# まえがき

わが国では『随想録』などとも訳される、モンテーニュの『エセー』は、世界文学の古典であり、人生の書、英知の書として、その名前はよく知られている。しかしながら、これを読み終えるとなると話は別だ。なにしろ長大なのである。たとえば、わたしの翻訳(白水社)は、全七巻で、注・略年譜なども含めると総ページが二四〇〇ページにもおよぶ。

これが『モンテ・クリスト伯』のような血わき肉おどる物語ならば、読み始めたらやめられず、眠るのも忘れて読みふけることもあるけれど、『エセー』は物語ではなくて、思索の書だから、そうもいかない。とはいっても、実際は全部で一〇七章に分かれていて、それぞれが独立しているのだから、ひとつひとつ読んでいけばいいのである。

ところが、それでもなかなか読み進められない。なんだか、話の焦点が定まらずに、あっちこっちに脱線しているような印象を受けるからだ。実際にそうなのだから仕方がない。「各章のタイトルは、かならずしも内容とは一致しておらず」、「偶然に導かれた」「雑多な寄せ集め《ラプソディ》」だと、モンテーニュ自身が認めているのだから、始末に悪い。というか、本当はそうしたところが、

『エセー』の究極の魅力なのでもある。

どうやら積ん読の人が多い『エセー』という名著。古典とはそうしたもの、「狭き門より入れ」と突き放していては、ますます読まれなくなってしまう。ここはひとつ、『エセー』の魅力をコンパクトに伝える本が必要だなと考えて、本書を著してみた。では、構成について、ごく簡単に説明しておく。

最初に、モンテーニュの生涯を、くだくだしくならないようにたどってみた。その途中には、『家事日録』など、興味深い資料も挿んである。その後、ゆるやかなテーマを七つ設定した上で、いくつかの節に分けて、『エセー』のおもしろさを、自在に語ってみた。しかし、そこでの主役は、わたしの拙い説明ではなく、むしろ『エセー』というテクストそのものである。要するに、あちこちから持ってきた『エセー』の断片をつぎはぎすることで、本書が成立している。モンテーニュ本人が、『エセー』を「ぴったりとは合わない寄せ木細工」に喩えているのだから、それにちなんでみた。

本書のスタイルにはもうひとつの理由があって、それは、欧米では『エセー』の選文集がたくさん出ているのに、わが国では見かけないということだ。『エセー』を正攻法で読み進めるのは少しばかりしんどいので、それに代わるエッセンス本があちらでは幅をきかせている。で、それに準ずるようなというか、『エセー』の予告編みたいな本として考えてみた。「幕間」には、「モンテーニュの塔」のガイドなど、コラムを挿んだ。楽しんでいただければ幸いである。

本書における『エセー』の引用は、白水社版の拙訳を使用し、たとえば第三巻第九章からならば、(3・9)と略記した。なお、地の文とスムーズにつなげるために、訳語や引用の文末などを少しだけ書き換えた場合もある。また、(1・25/26)と併記した場合がある。拙訳では「第一巻第二五章」だが、他の翻訳では「第一巻第二六章」であることを意味している。その事情については、コラム4「二つの『エセー』――「一五九五年版」vs.「ボルドー本」」をお読みいただきたい。

各節冒頭の引用文に続いて、本文中にも『エセー』を紹介しているが、冒頭と同じ章・節の場合は略すなど、引用個所はなるべく簡潔に示した。……は中略を表す。本文中でも、重要な引用文は「二字下げ」にするなど、適宜に処理をおこなってある。

また、引用文中の《 》は、モンテーニュが古典などの原文を直接引用している個所である。流通している翻訳のタイトルに合わせて、たとえばセネカの『書簡集』は『倫理書簡集』に、ラ・ボエシーの『自発的隷従について』は『自発的隷従論』にと、拙訳に変更を加えた場合もある。

# 目次

# 序　章　モンテーニュ，その生涯と作品

『エセー』1608年版(パリ)のモンテーニュ．
肖像が添えられた最初の版(個人蔵)

## ラテン語を母語として育つ

モンテーニュ(1533-1592)のフルネームはミシェル・エーケム・ド・モンテーニュ Michel Eyquem de Montaigne、一五三三年二月二八日、モンテーニュ村の城館で生まれた。総領息子で、弟が四人、妹が三人いる。

モンテーニュ村は、フランス南西部、ワインで有名なボルドーの五〇キロほど東にある小さな村。現在では、『エセー』の作者の名前にちなんで、サン＝ミシェル＝ド＝モンテーニュ村と呼ばれている。モンテーニュ家は、ボルドーでワインや染料の取引によって財を成した新興貴族である。

自分の誕生日に無関心なことも多い、この当時の人間にあって、モンテーニュはユニークな存在で、「わたしは一五三三年二月末日の一一時から一二時のあいだに生まれた」(1・19/20「哲学することとは、死に方を学ぶこと」)と、はっきり書き記している。モンテーニュ家はボルドーにも屋敷を所有していたのだが、市販の万年暦に書き付けた『家事日録』には、「ボルドー州とペリゴール州の境界に近いモンテーニュ家の父方の屋敷で生まれた」と明記されており、所領の城館で生まれたことがわかる。

父親のピエール・エーケム(1495-1568)は軍人で、母親アントワネット(1510頃-1601)は、イベリア半島から逃れてきた「マラーノ」(キリスト教に改宗したユダヤ人)の子孫とされる。だからといって、モンテーニュの旅や放浪・変化への好みを、あるいはその懐疑主義をユダヤ気質と結びつけるのは、短絡的であろう。

ミシェルは、生後まもなく近くの村に里子に出される。父親は、「わたしがおっぱいを飲んでいる期間だけではなく、その後もそこに預け、わたしを庶民のありきたりの生活に慣らした」という。「わたしが、自分に背中を向ける人よりも、むしろ救いの手を求めてくる人に、目を注ぐべきだ」と考えてのことであった。「父のこうした思惑は、それなりに実現した」と、モンテーニュ本人も思っている(3・13「経験について」)。

二年後、里子から戻ったミシェルは、今度は家庭教師の手に委ねられた。軍人として長期間イタリアに滞在し、ルネサンスの息吹にふれた父親ピエールは、息子ミシェルに英才教育をほどこそうと考えた。そこで、フランス語を話せないドイツ人をわざわざ「高給で」雇って、「ろれつもまわらないうちから」、ラテン語漬けにした。ほかにも二人の教師を付けたというから、大変な教育パパなのだった。

こうしてミシェルは、ラテン語が「母語」となった。父親は小間使いにも、片言のラテン語しか使わせず、「われわれはラテン人になってしまい」、近くの村では、「職人や道具の名前」をラテン語でいう習慣が定着したと述べているけれど、これはさすがに大げさな物言いなのかもしれない(1・25/26「子供たちの教育について」)。

こうしてラテン語しかできないミシェル少年、まだ六歳の子供なのに、ボルドーのギュイエンヌ学寮(コレージュ・ド・ギュイエンヌ)に入れられてしまう。モンテーニュが生まれた年に新設されたこの学寮(コレージュ)は、パリのサント＝バルブ学寮(イエズス会を創設する、ロヨラとザビエルが学んだ)の校長であったポルトガル出身の人文主義者(ユマニスト)、アンドレ・グヴェアが校長として赴任し、スコットランド出身のジョージ・ブキャナンなど錚々たる教授陣を擁して、「非常な隆盛を誇り、フランス随一をうたわれた」(1・25/26)という。

神童として、六つも七つも年上の連中と学ぶことになったミシェル少年だが、ラテン語漬けの日々は過去のものとなったから、本人の意識としては、「ラテン語はすぐに退化した」という。これはもちろん、会話能力についての自己評価であろう。というのも、やがて少年は、ラテン語を読むことの魅力に目覚めるのだ。オウィディウス『変身物語』をきっかけに、ウェルギリウス『アエネイス』を「一気呵成に」読破、テレンティウス、プラウトゥスの喜劇へと向かった。おまけに、学寮でのラテン語悲劇では、「主役を張った」(1・25/26)。

一三歳でコレージュを終えると、その後は、当時の選良子弟の習いで、パリ大学など、各地の大学を遍歴したと思われる。フィクションとはいえ、ラブレー(1483–1553)の『パンタグリュエル』では、パンタグリュエル王子が、ポワチエを手始めに、ボルドー、トゥールーズ、モンペリエといった大学をへめぐり、オルレアン大学で「たっぷり勉強」してからパリ大学に乗り込んでいる。モンテーニュの場合も、似たようなものであったのかもしれぬ。

いずれにせよ、二〇代の前半までのモンテーニュの動静については、いかなる記録も残ってはいない。ちなみに、やがて刎頸《ふんけい》の友となるラ・ボエシーは、オルレアン大学の法学士である。

一五五四年には、父親のピエールがボルドー市長に選出されて(一期二年つとめる)、モンテーニュは、名実ともに名門の御曹司となり、父親の後押しで、政治ネットワークとのつながりもできていく。

## ボルドー高等法院ではたらく、ラ・ボエシーとの「完璧なる友情」

この頃、ボルドー北東の古都ペリグーは、時のフランス国王アンリ二世(在位1547-1559 妻がカトリーヌ・ド・メディシス)への請願が功を奏して、「租税法院《クール・デ・エード》」(税務署と裁判所を合わせたような組織で、「御用金裁判所」とも訳される)を誘致する。こうした組織の創設は、「売官制度」のおかげで国庫も潤うから、国と地方の双方にメリットがあった。

トゥールーズ大学で法律を学んだモンテーニュの叔父(父ピエールの弟のゴージャック殿)が、その評定官《コンセイエ》(判事)の官職を購入すると、ほどなく甥のミシェルに譲る。モンテーニュはどこかの大学で法律を修めたのだろうが、学士号は持っていない。それでも、このような形で立派な官職につけたのである。

ところが、ペリグー租税法院は、競合する既存のモンペリエ租税法院などの反対もあって短命に終わり、一五五七年にはボルドー高等法院に吸収されて、モンテーニュもそこに移籍する。モンテーニュは予審部の判事として通常は民事裁判を担当したが、どうやら、のちに刑事裁判も担当したらしい。モンテーニュ自筆の判決文一〇通が活字になっているが、それを読むと、親権、遺産、借金の清算といった訴訟を手がけている。なお、最近になって、モンテーニュが関わった三五〇件の判決文が再発見され、詳しい調査が進行中である。

親の敷いた路線にしたがって英才教育を受け、法官のポストも何の苦もなく転がり込んだ、順風満帆の人生。モンテーニュ本人は違和感を覚えていたかもしれない。

モンテーニュにとって在職中の最大のできごとは、エチエンヌ・ド・ラ・ボエシー(1530–1563)と知り合って「完璧なる友情」をはぐくんだこと、「縫い目もわからないほど」心を通わせたこの相手が、疫病であっという間に死んでしまったことであろう。三歳年長で、職場の同僚であるラ・ボエシーと「天の配剤」によって結びつき、意気投合したのは四、五年と短期間であったが、濃密な友情をはぐくんだのであった(1・27/28「友情について」)。

ラ・ボエシーは既婚者で、聡明かつ早熟な人物であって、一〇代の後半には、主著となる『自発的隷従論』を書き上げている。才気ある若者が、圧政と隷従という支配・被支配の構造を暴き出したところの苛烈な政治論である。彼は詩作(ラテン語ならびにフランス語)や、クセノポン、プルタルコスの翻訳も遺している。若くしてすでに、高潔な人格と確かな識見を兼ね備えた一個の立派なユマニストなのだった。モンテーニュは、「ふたつの魂は……渾然一体に」(1・27/28)という表現をしているものの、モンテーニュの側の思い入れのほうが強かったはずである。

一五六〇年九月、トゥールーズ高等法院は、「にせ亭主事件(マルタン・ゲール事件)」で死刑判決をくだす。モンテーニュは、この不可思議な事件を担当したジャン・ド・コラスの著作を読んで、死刑の判決を大胆ではないのかと感じる。カトリックとプロテスタントの対立が激化した一五六二年には、パリで、カトリック信仰の宣誓に参加する。その後、国王シャルル九世(在位1560–1574)に随行してルーアンに赴き、大西洋を越えてフランスまでやって来た三人のネイティヴ・アメリカンと会見している(1・30/31「人食い人種について」)。この体験が引き金となって、「文明」と「野蛮」の問題に目覚めた彼は、新大陸関連の書物を読みあさるようになる。

一五六三年八月一八日、かけがえのない親友が疫病で世を去る。自分という存在を支えていた人間、肝胆相照らす対話の相手を喪失したことで、モンテーニュは、自分が「ただの半分になったみたいな」気がして、すっかり落ち込んでしまう。そして、「暗くて、やりきれない夜」が過ぎていく(1・27/28)。

亡きラ・ボエシーは遺言書で、「親密なる兄弟にして、不可侵の友」のモンテーニュに、「友情のあかし」として、「法律関係の何冊か」を除く蔵書すべてを託していた。親友の蔵書を引き継ぐこと。人を裁くことになじめなかったモンテーニュは、この頃から、判事の職を辞して、隠遁し、塔の書斎で時を過ごすという第二の人生について真剣に考え始めたのだろうか。

**結婚とは**

ラ・ボエシーの死の二年後、父親の願いを入れて、モンテーニュは、ボルドー高等法院の上司で、後に法院長となるジョゼフ・ド・ラ・シャセーヌの娘フランソワーズと結婚する。叔父で高等法院判事となったレーモン・エーケム(1513–1563)も、ジョゼフ・ド・ラ・シャセーヌの娘アドリエンヌと結婚していたのだった(この夫妻はすでに他界)。フランソワーズの祖父もまた、高等法院の有力者であった。

つまり、ミシェルの結婚とは、こうした閨閥を受け継ぐための政略結婚といえるのである。豪商から新興貴族に成り上がったモンテーニュ一族が目指すのは、婚姻戦略によって「法服貴族」としてのステイタスを固めることだった。持参金は七〇〇〇リーヴルを超えたという。やがて、高等法院内では、派閥争いが激化したらしい。そして、岳父の派閥は負け組となっていったともいう。

「結婚とは、厄介な事情がたくさんからまった取引」(2・35「三人の良妻について」)とはいうものの、閨閥による特権化に対してモンテーニュは反発を覚えたのかもしれない。ともあれ、モンテーニュにとって、いや、この時代の多くの人々にとって、恋愛と結婚とはまったく別物であった。『エセー』にもこう書かれている。

結婚の場合、当然のことながら、姻戚関係、財産といったものが、相手の魅力や美しさと同等に、あるいはそれ以上に重んじられる。どんな理屈をいったところで、結婚とは、自分のためにするものではなく、それと同等ないし、それ以上に、子孫や家族のためにするものであって、結婚という慣習による利害は、夫婦の死後も、子孫に関係してくる。こうした理由から、本人どうしよりも、第三者の手で、そして本人の判断ではなく、他人の判断で進められる婚姻方法のほうが、わたしには好ましい。すべてが、恋愛結婚と正反対ではないか！……美貌とか性的な欲望に引っぱられるようにして結婚した場合ほど、いちはやく不和が生じて、失敗するものはない。結婚には、もっと堅実で、揺るぎのない土台が必要だし、十分に事情をわきまえて歩んでいかないといけない。わっと沸騰したかのごとき歓喜など、なにもいいことはないのである。　　(3・5「ウェルギリウスの詩句について」)

モンテーニュにとっての至上の愛とは、あくまでも、亡きラ・ボエシーとの友情なのであった。妻のフランソワーズとの夫婦関係は、ごくありきたりのものであったらしいし、『エセー』にも、妻への言及はなきに等しいのだ。夫婦の愛情は、長い旅のような不在によって損なわれることはなく、むしろ「しつこさで損なわれる」と考えているモンテーニュ(3・9「空しさについて」)。こうした夫婦関係が、妻を実弟アルノー(サン＝マルタン殿)との不倫に追いやったという説も存在する。なお、夫妻に男子は生まれず、女子は六人生まれたものの、成人したのは次女レオノール(1571–1616)ただひとりだった。

## 父親の死、退職

やがて一五六八年六月一八日、父親のピエールが死ぬ。「わが父ピエール・ド・モンテーニュは、長期間にわたり膀胱結石で苦しめられたあげく、七二歳と三か月で他界した。五男三女を残した。父はモンテーニュ村の先祖代々の墓に埋葬された」(『家事日録』)。

父親という重しがとれて、モンテーニュはずいぶん気が楽になったのではないだろうか。彼は、なぜか母親アントワネットとの折り合いが悪く、遺産相続をめぐっても一悶着あるものの、最終的には家督を相続することができた。おまけに、高等法院内では、大げさに言うならば、うだつの上がらない存在になっていたらしい。そこで、一五七〇年には、高等法院を退職し、この官職を、友人のユマニスト、フロリモン・ド・レーモンに譲り渡す。

「罪を憎んで、人を憎まず」という格言があるけれど、処罰感情がむしろ弱くて、「わたしはだれも憎んだりしない。というか、人を傷つけることに対して、まるで度胸がなくて、道理を守るためであっても、そうすることができないのだ」(3・12「容貌について」)と告白する彼にとって、人を裁く職業は性に合わなかったようだ。

モンテーニュの「引退の辞」

こうして彼は、親によって敷かれた法職エリートというレールを外れて、自らの道を歩み始める。その際、最優先したのは、亡友ラ・ボエシーの作品集を編んで、出版することだった(詳しくはコラム1を参照)。それは一五七一年にパリで刊行されたが、現在も主著として読まれ続けている『自発的隷従論』は、時宜を得ないという理由で外されている。著者の意図が誤解されかねないという危惧から、政治的なテクストをあえて収録しなかったのだが、天国のラ・ボエシーは、こうした心遣いを余計なことだと思ったような気もする。

ともあれ、亡き友への義理を果たしたモンテーニュは、村の城館に隠遁し、領地の管理と読書三昧の日々に突入するのだが、その決意のほどを、書斎のとなりの部屋(中庭に面していて、使用人たちを監督することができる)の壁にラテン語でこう書き記す(図版)。

キリスト紀元一五七一年三月朔日の前日(二月二八日)、三八歳の誕生日に、ミシェル・ド・モンテーニュは、久しい以前より法廷での隷従と、公務という重責に倦み疲れたがため、すでに多くを過ごしてきたとはいえ、いまだ残されている克服すべき日々を静かに平穏に暮らすために、壮健であるうちに、博学な女神たちの胸元に引きこもることにした。運命よ、この先祖伝来の住まいという快適な隠れ場所を、彼がみずからの自由と平安と閑暇に捧げることを許したまえ。

誕生日をもって、それまでの仕事とはおさらばして、わたしは文芸の世界の人間になります、自由な時間が欲しいのですという、きわめて自覚的な決意表明であることに感動を覚える。このぐらいの強い意志がないと、望んでいた閑暇は得られるものではない。

もっとも彼が、世間と絶縁したわけではないことも知っておく必要がある。来客も多いし、政治的交渉などの使命も果たしている(やがて「フランス王室付き貴族」の肩書きもたまわる)。

モンテーニュが生きた時代、フランスは宗教戦争という深い闇に覆われていた。世紀前半のルターやカルヴァンなどによる宗教改革の結果として、フランスでは、カトリック(旧教徒)とプロテスタント(新教徒)——カルヴァン派で「ユグノー」は蔑称——の対立が激化して、世紀後半を迎えると、政治権力を巻き込んで内乱状態におちいったのである。

一五七二年八月、パリでカトリーヌ・ド・メディシスやギーズ公アンリらが謀ってサン゠バルテルミーの虐殺が起こり、多数の新教徒が殺害される。ピレネーのナヴァール公国を領する新教徒の総帥アンリ・ド・ナヴァールはカトリックに改宗するも、軟禁される。虐殺はフランス各地に波及し、ボルドー高等法院でも新教徒の判事二人が殺害されたし、トゥールーズ高等法院で「にせ亭主事件」を担当した法学者ジャン・ド・コラスも新教徒であって、一〇月四日、他の判事二人とともに絞首刑に処せられたのである。

### 『エセー』を書き始める

「残されたわずかな余生を、世間から離れてのんびりすごそう……と心に誓って、わが屋敷に引っこんだ」ものの、想像力が「自由奔放にふるまい」、「たくさんの風変わりなまぼろし《シメール》やら化け物《モンストル》」を生むものだから、「それらの目録を作り始めた」(1・8「暇であることについて」)。

1576年作成のメダル. M.-L. Demonet, Le Jeton de Montaigne より. P. Desan 撮影

このようにして、『エセー』の執筆が始まる。一五七四年五月には、新教徒の動きに備えるべきだという長い演説を、ボルドー高等法院でおこなっている。この年、シャルル九世が死去し、弟のアンリ三世が即位する(在位 1574–1589)。

一五七六年には、天秤の図柄と、「わたしは動かない ΕΠΕΧΩ」(出典は、古代ギリシアの懐疑主義哲学者セクストス・エンペイリコ

「3人のアンリ」．左から，ギーズ公アンリ(カルナヴァレ博物館)，アンリ・ド・ナヴァール(のちのアンリ4世．パリ国立図書館)，アンリ3世(パリ国立図書館)

ス)という銘のメダルを作成する。これは、判断を控える、という意味合いであり、『エセー』では、「このような懐疑主義という考え方は、わたしが天秤といっしょに銘とした「わたしはなにを知っているのか？ Que sais-je?」のように疑問形で示せば、より確実にわかる」(2・12「レーモン・スボンの弁護」)とパラフレーズされる。モンテーニュといえば有名な「クセジュ」の典拠は、この個所なのであって、ソクラテスの「不知」とつながってもいる。

なお、この年の二月には、ルーヴル宮に軟禁されていたアンリ・ド・ナヴァールが脱出をはかって、ナヴァール公国に帰郷、あらためて新教徒たることを宣言する。一方、「ただひとつの信仰、ただひとつの法、ただひとりの国王」を旗印として、ギーズ公アンリを首領と仰ぐカトリック急進派の「旧教同盟(ラ・リーグ)」が結成され、アンリ・ド・ナヴァールとの対立も激しさを増し、両者の融和を願うモンテーニュは心を痛める。

翌一五七七年、モンテーニュは自分の知らぬ間に、アンリ・ド・ナヴァールによって「ナヴァール王室侍従武官」に任命される。すでに彼は「フランス王室付き貴族」として名誉あるサン＝ミシェル勲章も拝受している身分であったから、アンリ・ド・ナヴァールとしては、国王アンリ三世との仲介役として期待するところがあったのかもしれない。なお、この頃、初めて腎臓結石症――父親からの遺伝である――の発作に襲われて、生涯苦しむことになる。

### 『エセー』初版、長期旅行

一五八〇年、『エセー』初版(第一巻・第二巻)を、地元ボルドーのシモン・ミランジュ書店から自費出版する。「読者に」と題された短い序文の日付が一五八〇年の三月一日に、すなわち誕生日にして引退の日の翌日にと、きわめて自覚的、象徴的なものとなっていることに注目したい。初版の印刷部数は不明だが、五〇〇―六〇〇部と推定され、かなり売れたと思われる(四〇部弱が、公共図書館などに現存する)。版元に対して、八年間の出版独占権(「特認」とか「国王允許《いんきょ》」と呼ばれる)が付与されている。この時代だと、著者ではなく、版元が著作権を有する事例が多いのである。

この年、モンテーニュは四七歳、当時の感覚からすれば老人に近いが、温泉巡りによる腎臓結石の治療と、永遠の都ローマ詣でを目的に、長期旅行に出発する。その記録は、一八世紀に発見された『旅日記』で読むことができる。もっとも長く滞在したローマでは、入市の際に『エセー』を没収・検閲され、四か月後に意見付きで返却される。また、殺人犯の盗賊カテナの処刑や悪魔祓いの儀式を見ている。システィーナ礼拝堂のミサにも出ているが、『旅日記』に天井のミケランジェロ《最後の審判》(1536–1541)への言及はない。

アドリア海側の有名な巡礼地ロレートでは、サンタ・カーサ聖堂に家族像を奉納して、娘の像の足下には「ひとり娘レオノール」と刻ませ、次女だけが生き残ったことに感謝する。フェッラーラでは、長編叙事詩『エルサレム解放』の著者で精神を病み、監禁されていたトルクァート・タッソに面会している。

数ある温泉のうちでもっとも気に入ったトスカーナのデラ・ヴィッラ温泉では、二度にわたり湯治をおこなう。初回の折には、亡き友ラ・ボエシーを思い出して、鬱々とする。二度目の滞在中に、ボルドー市長選出の報がローマ経由で届き、迷った末にこれを受諾、もう一度ローマに戻って名残を惜しんでから一五八一年一一月三〇日、モンテーニュ村に帰り着く。およそ一八か月の長旅であった。

## ボルドー市長として

帰国後、彼はまず『エセー』に若干の加筆をおこなう。初版が好評で、再版が決まったことを示している。イタリア土産といえようか、イタリア語による引用などが付加される。また、ローマで教皇庁検閲官に『エセー』を検閲され、いくつかの問題点を指摘されたことを受ける形で、とりわけ「祈りについて」(1・56)の章において、微妙な加筆訂正がなされるものの、必ずしも検閲に添う形で書き換えたわけではない。こうして『エセー』第二版は一五八二年、同じくボルドーのシモン・ミランジュ書店から刊行される。

彼は市長を二期四年つとめるわけだが、それはフランスが宗教戦争で大荒れの時期に重なっている。パリに上京して、ボルドーの自治権をめぐりアンリ三世と交渉したり、上層階級が税を免れ庶民が苦しんでいるとして、連名で国王に上奏文を送るなど、職務に尽くす。ボルドーでは上述の「旧教同盟」が活発な動きを見せたから、急進派カトリックへの対策にも苦慮する。そして一五八五年には、この地方にペストが蔓延する。

その間、一五八四年には、アンリ三世の弟アンジュー公フランソワが死去して、王位継承権はアンリ・ド・ナヴァールに移る(アンリ三世には世継ぎがいなかった)。そのアンリ・ド・ナヴァールは、アンリ三世によるカトリックへの改宗勧告を拒む。こうした状況で、一五八四年一二月一九日、アンリ・ド・ナヴァール本人がモンテーニュの館を訪れて、宿泊している。モンテーニュは『家事日録』に誇らしげに書き記す(図版)。

ナヴァール王が、これまで一度も足を踏み入れたことのないモンテーニュ村まで、わたしに会いに来られて、二日間滞在されたが、王の使用人ではなく、当家の奉公人がお仕えした。王はお毒味《エセー》も食器類もお許しにならず、わたしのベッドに眠られた。

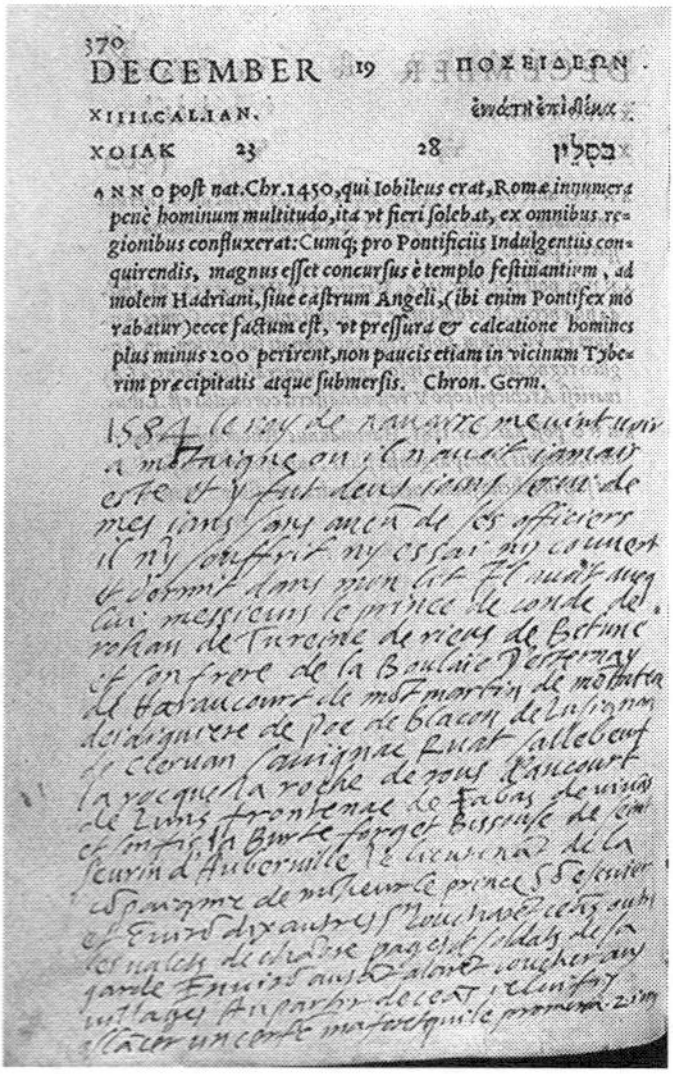
370
DECEMBER 19 ΠΟΣΕΙΔΕΩΝ.
XIIII.CAL.IAN. ἐνδεκάτη ἐπὶ δέκα
XOIAK 23 28 בסלין

ANNO post nat. Chr. 1450, qui Iobileus erat, Romæ innumera penè hominum multitudo, ita vt fieri solebat, ex omnibus regionibus confluxerat: Cumq; pro Pontificiis Indulgentiis conquirendis, magnus esset concursus è templo festiuantium, ad molem Hadriani, siue castrum Angeli, (ibi enim Pontifex morabatur) ecce factum est, vt pressura & calcatione homines plus minus 200 perirent, non paucis etiam in vicinum Tyberim præcipitatis atque submersis. Chron. Germ.

アンリ・ド・ナヴァール来訪を記した1584年12月19日の『家事日録』（ボルドー市立図書館）

　王位継承予定者となったフランス国家の最重要人物が、モンテーニュの館を訪れて宿泊した。彼を信頼して、毒味もせず、（持参の食器箱から食器類を出さずに）当家の食器を使って食事をされ、「わたしのベッドに眠られた」というのだから、この上なく名誉なことであった。モンテーニュのキーワードであるessaiが、「毒味」の意味で出てくることも興味深い。

　こうして一五八五年の七月、四年間の市長職を終えたモンテーニュは、次の市長への引継ぎをおこなう。当時は、市の鍵を手渡すセレモニーを実施するのが恒例となっていたけれど、モンテーニュはこれを行わなかった。その頃、ボルドーではペストが猖獗《しょうけつ》をきわめており、市内に入って命を危険にさらすことを避けたのだった。

一九世紀になって史料が公開されて、この事実が明るみに出ると、モンテーニュは自分勝手だと非難されたらしい。けれども、象徴的な儀式を行うという、いわば形式的な義務を、ペスト罹患の危険までも冒して果たさなくてはいけないのだろうか。モンテーニュはむしろ、そうしたパフォーマンスを嫌ってもいたのだ。

### 『エセー』新版の刊行、政治的仲介者モンテーニュ

ようやく市長職から解放されたモンテーニュは、『エセー』第三巻の執筆、第一巻・第二巻の加筆訂正にいそしむ。二度目の隠遁といえよう。

この間、大きなできごとがいくつか生じている。そのひとつは、宗教対立がモンテーニュの地元ペリゴール地方でも激化して、戦乱となり、大混乱に乗じて、モンテーニュの館の周辺にも盗賊が出没したことである。それから、一五八六年には、アンリ三世が旧教派の将軍マイエンヌ公の軍隊を、この地に派遣していて、風雲急を告げている。

こうした擾乱状態に追い打ちをかけるように、ペストがモンテーニュの住む村を襲ったのだ。「わが村のきわめて健康によい空気も、ついに毒に侵され、異常な様相を呈することとなった」のだ。モンテーニュ一家は、避難場所を探して「さまよえるキャラバン」となり、半年ものあいだあちこちを彷徨《さまよ》う。その間、むしろ達観して、自然体の日々を過ごす農民たちの姿に接したモ

ンテーニュは、「われわれは死ぬことを心配するせいで、生きることを乱しているし、生きることを心配するせいで、死ぬことを乱している」という教訓を新たにする(3・12「容貌について」)。

一五八七年一〇月二二日には、アンリ・ド・ナヴァールがモンテーニュの館を再訪して宿泊する。モンテーニュは王位継承予定者となったアンリの今後のふるまいについて、知恵を授けたと思われる。しかしながら、不思議なことに、このたびの訪問は『家事日録』には記されていない。

一五八八年一月二四日、モンテーニュはパリに向かう。『エセー』新版の原稿は、すでにパリの書店に送付済みかと思われる。過激な「旧教同盟」に対抗すべく、国王アンリ三世とアンリ・ド・ナヴァールとの同盟に関して交渉する使者も同行したらしいから、彼はなんらかの外交的な使命を帯びていたのであろう。途中、オルレアン近くの森で、「旧教同盟」の部隊に襲われて金品を奪われるものの、命は助かり、なんとかパリに到着できた。

だが、パリも混乱のきわみにある。五月一二日には、「旧教同盟」を率いるギーズ公アンリが首都に入城、これに呼応したパリ市民がバリケードを築いて蜂起する(「バリケードの日」と呼ばれる)。かくしてパリは「旧教同盟」の手に落ち、アンリ三世はパリ脱出を余儀なくされて、シャルトルへ、次いでルーアンへと向かう。モンテーニュも国王に合流する。

こうした混乱のさなかの六月、パリのアベル・ランジュリエ書店から『エセー』の生前決定版(一五八八年版)が上梓される。『エセー』が首都の書店から刊行されたことについて、モンテーニュは、預言者故郷に入れられずですよねといってから、「わたしに関する知識が、わが住まいから遠ざかるにしたがって、わたしの価値は高まるのだ。ギュイエンヌ地方(「わたしの地元」ということ)では、わたしが印刷業者に金を出すが、ほかの場所では、印刷業者が金を出してくれるではないか」(3・2「後悔について」)と、皮肉まじりに語っている。

タイトルページには「第三巻を加え、既刊の二つの巻には六〇〇の増補をおこなった、第五版」とあるが、学者の調査によれば、大きな加筆が六四一、新たな引用が五四三もあるというから、看板にいつわりはない。なお、タイトルページには「第五版」と記されているが、なぜ「第五版」なのかという問題は、いまだに未解決である。

この一五八八年の七月一〇日、パリで病気に伏せっていたモンテーニュは、「旧教同盟」派に捕らえられて、バスチーユに投獄される。アンリ・ド・ナヴァールとアンリ三世との融和を図るモンテーニュが厄介な存在であったのだろう。『家事日録』には、国王がルーアンで、「旧教同盟」派の有力貴族を捕虜としたことに対する報復だと記されている。だが幸いにも、国王の母カトリーヌ・ド・メディシスがギーズ公と掛け合い、即日に釈放される。

このパリ滞在の折に、『エセー』の若き愛読者グルネー嬢ことマリー・ド・グルネー(1566–1645)との初対面を果たしたことも大きな事件だ。二人は意気投合し、モンテーニュはこの夏、ピカルディ地方のグルネー嬢の実家に滞在する。

グルネー嬢(パリ国立図書館蔵『グルネー嬢の意見あるいは贈り物』1641 年〔パリ〕より)

強大になりすぎたギーズ公と「旧教同盟」が邪魔な存在だということでは、カトリックの国王と新教徒のアンリ・ド・ナヴァールの利害は一致していた。アンリ三世はブロワに「全国三部会」を召集すると、一二月二三日、ギーズ公などを刺客に暗殺させる。そして国王は、アンリ・ド・ナヴァールを王位継承者として正式に認め、国王軍が新教徒の軍隊と共にパリを包囲する。ブロワにはモンテーニュも滞在していたともいわれる。『家事日録』の一二月二三日のページには、「一五八八年、たしかに当代有数の人物であったギーズ公アンリが、国王の部屋で殺された」と記されている。

## 『エセー』の果てしなき加筆訂正、そして死

波瀾万丈ともいえるこの年の終わりに城館に帰宅したモンテーニュは、これ以後は、『エセー』の加筆推敲の日々を過ごす。一五八九年八月一日、今度はアンリ三世が、弱冠二二歳のドミニコ

会士の凶刃に倒れる。アンリ・ド・ナヴァールが、晴れてアンリ四世(在位 1589–1610)として即位し、ブルボン王朝が始まる。もちろん「旧教同盟」がこれを認めるはずもなく、戦いは継続する。アンリ四世が、サン゠ドニ大聖堂でカトリックに改宗したのは、一五九三年の七月であったが、モンテーニュはこの世にはいない。

話を少し戻すとして、即位したアンリ四世は一五八九年一一月末日付の書簡で、顧問格として手助けしてほしいとの希望をモンテーニュに示すものの、彼は健康上のことなどを理由に、これを固辞している。翌年にもまた、国王からの格別の待遇による懇望を受けると、自分は病床の身だが、パリに赴く気持ちだけはあると返事を書いている。もちろん、これは儀礼的な願望にすぎず、実際には不可能なことであった。彼にとっては、『エセー』に手を入れることが、なによりも優先された。

一五九二年九月一三日、ミシェル・ド・モンテーニュは死去する。享年五九であった。『家事日録』九月一三日のページには、末弟のベルトランと娘のレオノールによって、次のように書かれている。

この一五九二年、モンテーニュの領主ミシェルは五九歳半で亡くなった、モンテーニュで。彼の心臓はサン゠ミシェル教会に納められ、モンテーニュの奥方で、寡婦となったフランソワーズ・ド・ラ・シャセーニュが遺体をボルドーに運ばせて、フェイヤン教会に埋葬して、墓石を建てさせ、そのために教会の維持基金を購入した。

モンテーニュは死ぬまで『エセー』の加筆を続けたが、これを取り込んだ形での死後版が、パリで一五九五年に刊行されることになる(アベル・ランジュリエ書店)。この死後版を編んだのがマリー・ド・グルネーであり、彼女はこれ以降、『エセー』の刊行に力を注いでいく。

# 第１章　わたしはわたし

## 「人間はだれでも，人間としての存在の完全なかたちを備えている」

LES
ESSAIS
DE MICHEL SEI-
GNEVR DE MONTAIGNE.
EDITION NOVVELLE, TROVVEE APRES
le deceds de l'Autheur, reueuë & augmentée par luy d'vn
tiers plus qu'aux precedentes Impressions.
A PARIS,
Chez ABEL L'ANGELIER, au premier pilier
de la grande salle du Palais.
CIↃ. IↃ. XCV.
AVEC PRIVILEGE.

『エセー』1595 年版タイトルページ
（ケンブリッジ大学図書館）

## 1-1 人間はだれでも……

わたしは、つましく、輝きもない生活を披露するわけであって、それはそれでかまわない。人生についての哲学というものは、豊かな実質をともなった生き方にも、また、市井《しせい》の一個人の生き方にもあてはまるのだから、これでいいのだ。人間はだれでも、人間としての存在の完全なかたちを備えているのである。

世の著作家たちは、なにかしら特別で、いっぷう変わった特徴によって、自分の存在を人々に伝えようとする。しかしながら、このわたしは、文法家でも、詩人でも、法律家でもなく、まさに人間ミシェル・ド・モンテーニュとして、わたしという普遍的な存在によって自分のことを伝える、最初の人間となるのだ。

（3・2「後悔について」）

「後悔について」は、『エセー』という作品の本質にふれている章だ。別の個所では、「世界は、永遠のブランコ」で、「すべてのものが絶えず揺れ動いている」、「大地も、コーカサスの岩山も、エジプトのピラミッド」も動いているという認識が示される。「わたし」も例外ではなく、大地とともに動き、「ふらついた足取りで進んでいく」ところの存在、その時々で矛盾した存在にすぎない。でも、あえて、このような「わたし」という人間存在を、その「推移」において描きたい。モンテーニュは、このように決意している。

人間は、世界の変化と変容のうちにあって、自分自身の変化と変容を生きる存在でしかない。ならば、その変化に付き合うしかない。そうした「ときとして矛盾した、不安定な思考の検証記録」が、この『エセー』そのものなのですと、モンテーニュは宣言している。このような代物であっても、哲学のはしくれなのですよ、だって、いかなる人間の生き方にも哲学があるのですからね、これでかまわないじゃないですかといいたいのだ。

「人間はだれでも、人間としての存在の完全なかたちを備えている」という、『エセー』でいちばん好きなことばが入った個所を最初に挙げてみた。モンテーニュを読んでいて、わたしのような凡庸な人間が救われるのは、あまり厳しいことをいわれないからだ。彼は人間存在というものは、矛盾もあるし、欠点もあると思っている。それで仕方ないじゃないかとも思っている。

現に、右の引用の少し前では、自分が『エセー』で描き出すのは「不細工なひとりの個人」であるけれども、「もうできあがってしまったのだから仕方ない」と、まあ、ある意味で居直ってもいる。それでも、そういうありのままの自分の「推移」を描きたいのだ。

人間とは、首尾一貫した存在ではなく、揺れ動く、不安定な存在であって、それはそれでかまわないではないかと覚悟を決めること。わたしは哲学者ではないから、モンテーニュ以前に、このような言い方をした人間がいたかどうか知らないが、いたとしても稀有な例だと思う。

たとえば、古代ギリシアの樽のディオゲネスのように、皮肉で逆説的な思想・行動によって、哲学を提示するというケースは想定できる。しかしながら、モンテーニュの場合は、矛盾し、変化してしまう自分を例に挙げて、それでも「人間としての存在の完全なかたちを備えている」と保証してくれるから、読み手も大変に救われる。そこのあなた、あなただって、ちゃんとした人間なのですから、自信を持っていいんですよ、別に完全ではなくたっていいじゃないですか、わたしもお仲間ですからねと、元気を与えてくれる。

作家は一般的に、自分を特別な存在、ユニークな存在として特権化して、いわば世間とは差異化することが、作家たる存在理由だと考えがちだ。ところがモンテーニュは、意図的にその逆を行く。いかに「不細工」であっても、いかに「ふらついた足取り」であっても、それが「人間としての存在の完全なかたち」なのであるから、それはそれで「普遍的な存在」ともいえますよ。わたしは、わたしでしかありえず、その「不肖わたくし」が、ミシェル・ド・モンテーニュという一個人のことを伝える最初の人間になるのです、と大見得を切るのである。

こうした語り口に共感を覚えたならば、『エセー』の世界にぐんぐんと入っていけると思う。そうすれば、「なにしろ、わたしは、この主題について、現存する人間のなかではもっとも造詣が深いのだから」という、半分は冗談、残りの半分は本気のことばも、くすっと笑いながら受けとめられるにちがいない。こうした「わたし」に対するこだわりが、『エセー』全体に浸透しているのである。

では、モンテーニュ流の人生哲学に入っていこう。

## 1―2 「わたし」を抵当に入れてはならぬ

人間はだれもが、自分を貸し出している。本人の能力が本人のためではなく、服従している人のためになっている。つまり、本人ではなくて、借家人がわが家同然にくつろいでいるのだ。こうした一般的な風潮が、わたしには気に入らない。人間は自分の精神の自由を節約して使って、正当な場合でなければ、これを抵当に入れてはならない。

（3・10「自分の意志を節約することについて」）

「わたし」にこだわるモンテーニュは、当然、「わたし」の自由や権利に対しても極度のこだわりを見せる。現代風にいうならば、彼の「プライバシー」尊重の考え方は、時代を突き抜けている感がある。彼にとって、「わたし」とは聖域であって、この意味において、彼はエゴイストなのでもある。

右の引用を読んで、毎日、仕事に追われている人間ならば、まったくその通りなんだよな、悲しいことに、別に働くために生きてるわけじゃないんだけど、現実は厳しいからね、自分の時間なんてほとんどありやしないと、人生の悲哀を感じながらも、四〇〇年以上前のモンテーニュのことばに相づちを打つのではないだろうか。それにしても、「自分を貸し出す」、「借家人」、「抵当に入れる」といった比喩がなんとも卓抜であって、『エセー』を読む喜びとは、このような巧みな表現に導かれて、自分のことをあれこれ顧みるところにある。

で、モンテーニュはさらにこういう。「わたしはときとして、他人の仕事の処理を手がける羽目になったこともあったが、そのような際にも……背負いましょうとはいっても、身体のなかに入れましょうと約束したわけではない……ただでさえ、わが内臓や血管のなかに、たくさん心配ごとを抱えていて、これをきちんと処理するのに苦労しているのだから、他人の心配ごとまで抱えこんで、骨身をけずるいわれはない」。

「他人に自分を貸す必要はあっても、自分以外に自分を与えてはならない」というのが、彼の持論なのだ。つまり、職務上の責任は持つけれども、それに自分の実存をかけるなどとんでもないと、彼は考えている。

こういうところが、いい意味での自己中心主義(エゴイズム)だと思う。彼はいまならば、いわゆる猛烈社員にはとてもなれないタイプの人間だし、名誉心はあるけれど、出世にはあまり興味がなさそうだ。上昇志向の強い人間とは一線を画しているし、「なかには、さまざまな職務につくごとに、変身し、……その職務を便所にまで引きずっていく」人間もいるといって、いわば会社第一主義を皮肉ったりする。

「ボルドー本」タイトルページ.『エセー』1588年版にモンテーニュ本人が加筆訂正をほどこした手沢本(ボルドー市立図書館)

要するに、社会的な存在としての人間の義務ならばやむをえないが、それでなければ、自分を、あるいは自分の精神の自由を「抵当に入れてはならない」のである。まったく、ごもっともな考え方であって、このわたしも、おのれを抵当に入れるようなことはできるだけ避けるようにしてきた。

このような主張は、自分がボルドー

市長という公務を引き受けざるを得なかった経験を念頭においている。もちろん市長に選ばれてしまったのだから、義務を果たすのは当然ながら、それはあくまでも「そのとき限りの貸し付け」にすぎない。したがって彼は、「爪の幅ほども自分から離れることなく、公務に従事することができたし、自分から自分を奪うことなく、自分を他人に与えることができた」と言い放つ。

大したものだが、その反面、こういうもの言いを嫌みに感じる向きもあるかなとも思う。そのあたりは、好き好きというしかない。

ところで、自分を貸すという比喩だけれど、実はちゃんと元ネタが存在する。セネカ『倫理書簡集』六二である。セネカはそこで、仕事が忙しくて、なかなか勉強する暇がないんですよと言い訳する連中は信じるな、自分で勝手に忙しくしているだけなんだから、と述べる。そして、「わたしはまったく自由だ。どこにいても、わたしはわたしのものだ。わたしは仕事に自分を譲り渡すのではなく、自分を貸すだけなのだ」(拙訳)と誇らしげに明言する。

モンテーニュは、この個所にヒントを得て、自己中心主義を宣言している。

## 1-3 おしろいは顔だけで十分

われわれの職業・仕事のほとんどは、にわか芝居みたいなものだ。《世間全体が芝居をしているのである》(ペトロニウス)。われわれは、自分の配役をしっかり演じなくてはいけないが、その役を、借りものの人物として演じるべきだ。仮面や外見を、実際の本質としてはいけないし、他人のものを、自分のものにすべきではない。われわれは、皮膚と肌着を区別できないでいる。でも、顔におしろいを塗れば十分であって、心にまで塗る必要はない。……わたしの場合、市長とモンテーニュはつねに二つであって、はっきりと分けられていた。

(3・10「自分の意志を節約することについて」)

「わたし」を貸し出す話の極めつけともいえる、有名な一節。人間は社会的な存在なのだからして、もちろん、人生のさまざまな局面でなすべき仕事もあるし、本心ではいやだなとか、自分には不向きだなとか思ってしまう責務が降ってくることもある。それは仕方がない。

モンテーニュだって、もちろん、そのような人生を過ごしてきたのだし、ボルドー市長の職も降ってきてしまった。そうした場合は、社会的な存在たる人間の責任として、「いったん職務を引き受けたならば、注意、労力、発言を、そして必要とあらば血と汗とを拒むべきではない」。こう述べて、彼はホラティウスの《親しい友や祖国のためならば、わたしは死ぬことも恐れない》

(『カルミナ』)という一節を引いてくるのだ。

『エセー』の魅力は、こうした引用の魔術にある。同じ章の少し前では、「自分の義務やつとめを、公共に寄与させなければいけない」と述べてから、「いささかも他人のためには生きない人は、自分のためにもほとんど生きてはいない」と、ずばり切り込む。そして、ダメを押すかのごとくに、《自分自身の友人である人間は、自分が全員の友人であることを知るべきだ》(セネカ『倫理書簡集』)と、お気に入りのセネカを引用する。『エセー』を読むとは、同時にギリシア・ローマの古典を読むことにほかならない。

さて、このようにして人間とは、社会的な職業や義務を果たすべき存在なのだけれど、モンテーニュの人生観からすると、それを芝居の役者として演じるべきなのだ。その配役をしっかりと演じることは大切だが、それは一時的なものにすぎず、あくまでも自分が「仮面」をかぶっていることを忘れてはいけないという。このあたりにも、モンテーニュの自己中心主義が読みとれる。たとえば「滅私奉公」というスローガンが、国家の悲劇を招いたことを想起しよう。そうした悲劇を繰り返さないためにも、モンテーニュ流の「わたしはわたし」主義はきわめて有効だ。

ところが、なかには世間的には偉いとされる公職につくと、そうした地位が「肌着」や「シャツ」にすぎないことを忘れて、おのれの「皮膚」だと勘違いする人間も少なくない。おしろいは顔だけで十分なのに「心にまで塗る」というのも、ある意味では、きわめて人間くさいふるまいだ。その背後には、野心という、もっとも人間的な欲望が控えている。そうした野心家たちに向けた痛烈な皮肉も挙げておきたい。

野心家の連中は、まるで市場の広場に立つ彫像さながら、いつでも衆人の目にさらされているが、これは野心に仕返しされているのだ。《偉大な運命とは、偉大な隷属なのである》(セネカ『ポリュビウスに寄せる慰めの書』)。連中ときたら、便所のなかでさえ、プライバシーがない。(3・3「三つの交際について」)

ここでは、「野心」と「プライバシー」が両立しがたいものとして想定されていることに注目しよう。現代では、野心家の人々は、メディアに、国民の目にさらされるという代償を払っている。今日もまた、ある政治家が野心に仕返しされて、辞職を余儀なくされた。

彼のスタンスからすると、家政も公務に近かったことについても、少しだけふれておく。「日々の面倒とは決して軽微なものではない。それらはずっと続き、埋め合わせようがない。とりわけ、家政という、途切れなく続いて、切り離しがたい仕事のあちこちから生じる厄介ごとは、なおさらだ」(3・9「空しさについて」)と、彼は当主として采配をふるうことの気苦労を吐露している。

そもそも、「みずからのことに心をくだき、みずからのうちに立ち止まる」という目標を設定して、「残されたわずかな余生を、世間から離れてのんびりすごそう、それ以外のことには関わるものかと心に誓って、わが屋敷に引っこんだ」のである(1・8「暇であることについて」)。したがって、家政もまたひとつの「配役」にすぎず、そこからすぐに離れたくなるのであった。

その結果、彼は見て見ぬ振りまでもする。「わたしが無知に手を貸してやっているのは、本当だ。つまり、自分の金に対する知識を、わざと少しだけ、漠然とした不確かなものにしているのである。……あなたの召使いの不誠実さや厚かましさに対しては、いくばくかの余地を残しておくべきなのだ。まあ大体において、身分相応の暮らしができるだけのものが残っていれば、運命が施してくださった余分なものは、いわば落ち穂拾いする人間の分け前、いくらかは、運命のなり行きにまかせようではないか」(3・9)。

こうした鷹揚さは、世の中の潤滑油としてあっていいとも思うのだが、どうだろうか。なにしろ、彼にとっては「心配や気苦労ほど高づくものはない」(3・9)わけで、知らぬが仏でよしとするのだ。彼の自己中心主義のほどはかなりのものといえる。

いずれにせよ、モンテーニュは「皮膚」と「肌着」を峻別して、「顔におしろいを塗る」だけにした。公的な存在と私的な存在は、はっきりと区別されていた。

## 1-4　「店の奥の部屋」を確保しよう

われわれの本当の自由と、極めつきの隠れ家と孤独とを構築できるような、完全にわがものであって、まったく自由な、店の奥の部屋《アリエール・ブチック》を確保しておくことが必要だ。そしてこの部屋で、きわめて私的にして、外部のことがらとの交際や会話が入りこむ余地もないような、自分自身との日常的な対話をおこなわなければならない。……

《この孤独な場所では、おまえが、おまえのための群衆にならなくてはいけない》(ティブルス『作品集』)。

(1・38/39「孤独について」)

繰り返しになるが、人間は社会的な存在であるからして、仕事や人間関係で煩わしいことがあるのは致し方がない。また、さまざまな責務が生じれば、当然、これをこなさなければならない。ただし、心にまで「おしろい」を塗りはしないぞという決意のほど。それが、「まったく自由な、店の奥の部屋を確保しておく」という卓抜な表現と結びつく。

人間は、世間・社会あるいは家族という「店」に顔を出して働いたり、付き合ったりしなくてはいけないけれど、少なくとも、お店の奥に、狭くてもいいから自分だけのスペースを確保しておかないと、自分をまるごと持って行かれてしまいますからねというわけである。

あるいはまた、こんなこともいえるのだろうか。マルク・ブロックとともにアナール派歴史学の創始者とされるリュシアン・フェーヴルは名著『フランス・ルネサンスの文明』で、「十六世紀の人間は目白押しが大好きなのである。農民がすべてそうであるように、彼らは孤独を毛嫌いする。……一人になりたいという現代人の欲求をまったく知らないのである」(二宮敬訳)と述べていたが、ここにりっぱな例外が存在する、と。個室への願望は、一般的には近代個人主義の所産とされるけれど、モンテーニュはそのはるかなる先駆者といえよう。

とはいっても、実際問題としては、人間はさまざまなしがらみを抱えているために、「店の奥の部屋」をしっかりと確保するには、勇気や決断が求められる。モンテーニュの場合は、法職に就いていたものの、家督を相続するという目処《めど》が立っていたから、早期退職の道を選ぶことができた。丸谷《まるや》才一《さいいち》が、「随筆(エッセイ)」は「閑暇と資産と本なんだ」という名言を残している(『文学のレッスン』)。エッセイの元祖モンテーニュには、その三つが揃っていた。

退職こそしても、彼には一家の長として家政の采配をふるう必要があった。ところが、「国家全体を治めることに比べて、家政のほうが苦労が少ないということは、あまりない。……やはり煩わしいことに変わりはない」(1・38/39)のだ。そこで、城館の塔を極私的な空間に、「店の奥の部屋」にして、日常的に通ったのである。

早期退職とか隠遁とか口でいうのはたやすいが、われわれ人間は、とかく引き際がいさぎよくない。だからモンテーニュは、「神聖ローマ皇帝カール五世〔スペイン王カルロス一世〕のもっともあっぱれなふるまいは……、「衣服が重荷で、むしろじゃまになったときには、理性がそれを脱ぐように命じているのだし、脚が思うようにならなくなったときには、横になるように命じているのだ」ということを、しっかりと悟ったことです」(2・8「父親が子供に寄せる愛情について」)といって、一五五六年、息子フェリペ二世に王位を譲り隠遁したカール五世を称讃する。

そして、例によって、《分別を見せて、頃合いのいいときに、老いた馬を放してやれ。ゴール近くなって、つまずいたり、息が上がったりして、物笑いにならないためにも》(ホラティウス『風刺詩集』)と、古典からの見事な引用が続く。「晩節を汚す」というが、モンテーニュはそうしたこととは無縁であった。これについては、第6章でもう一度考えることにしよう。

精神の自由とは、孤独ということでもある。モンテーニュは、「心を自分のなかに立ちもどらせ、引きこもらせないといけない」(1・38/39)として、孤独と対峙し、自分自身との対話を実践する。

しかしながら、孤独を志向するとはいえ、彼は断じて孤立してはいない。「わたしは本質的に、自分を表に現して、人々と交わるのに向いた性格をしている。すべてを外にはっきり出すから、人付き合いや友情に向いている」というのだから。むしろ、それゆえに彼は孤独にこだわる。「わたしが孤独を愛し、このことを説くのは、もっぱら、自分の心の動きや思考を自分自身に集中させるため」だといって、彼は「隷属や義務」から、「たくさんの用事」から逃れたいという、自分の性情を吐露する(3・3「三つの交際について」)。

ところが悲しいことに、人間という社会的動物は、忙しくしていないと生きた気がしないらしい。忙しさが「能力と偉さのしるし」(3・10「自分の意志を節約することについて」)だとばかりに、年がら年中、忙しい、忙しいと口にしている人間は、いつの世にもたくさんいる。それに、「仕事から離れたぞと思っていても、それを取り替えただけのことが多い」ではないか。つまり、われわれは、「自分の鎖を、いっしょに引きずっている」だけの、隷属的な存在ではないかと、モンテーニュは人間という忙しい存在を問いただす(1・38/39)。

いささか耳が痛い指摘なのだが、こうした個所を読んでいると、セネカの一節が思い浮かぶ。「自分の暇を忙しくしている人々もいる。別荘にいても、ベッドのなかでも……、自分で自分を煩わしくしている連中だ。彼らの生き方は閑暇などではなく、無為な忙しさ desidiosa occupatio と呼ぶべきだ」(『人生の短さについて』一二、拙訳)。もちろん、モンテーニュはセネカの愛読者なのであるから、「無為な忙しさ」というみごとな撞着語法(オクシモロン)が強く印象に残っていたにちがいない。

このわたしにしても、いまだに忙しい暇人という状況から抜け出せずにいる。人間とは、いつまでも鎖を引きずる悲しい存在なのかもしれない。

コラム1
## ラ・ボエシーとの友情、喪の儀式

モンテーニュは述べる――「ふたつの魂は混じり合い、完全に渾然一体となって、もはや両者の縫い目もわからないほどだ」(1・27/28「友情について」)。そのような「完璧な友情」を、ラ・ボエシーとはぐくんだと。

実をいうとモンテーニュは、ボルドー高等法院の同僚として知り合う以前から、『自発的隷従論』を通じて、ラ・ボエシーという存在を意識していた。「人からこの論考を見せられて、はじめてラ・ボエシーという名前を知り、その後の友情への道が開かれた」という。そこには「運命的な力」が働いており、二人の出会いを「天の配剤」と感じたとも述べている。「なにしろ、われわれの意志は、完全に融合しているのである。……それは「体がふたつある心」にほかならず、ふたりはたがいに、なにを貸し与えることもできない」(1・27/28)と、まさに異体同心ともいえる友愛を強調されると、わたしなどは、本当にこのような友情が存在しうるのですかと、半畳のひとつも入れたくなる。でも彼は、「しつこく聞かれても、「それは彼だったからだし、わたしだったたから」と答える以外に、表現のしようがない」(1・27/28)と答えるに相違ない。それはさておいて、この稀有な友情の行く末を見よう。

一五六三年、分身ラ・ボエシーが流行病で死んでしまい、モンテーニュは「暗くて、やりきれない夜」を過ごす。「すべてを半々に分けていたのだから、今は、

モンテーニュ村から東へ120キロ, サルラの町にあるラ・ボエシーの生家

なんだか彼の分け前を奪っているような気がする」のだった(1・27/28)。後年には、「彼だけがわたしの本当の姿を享受して、それをあの世に持ち去ってしまった。したがって、わたしは自分で、細心の注意を払って、自分自身を解読する」(3・9「空しさについて」)とも書いている。つまり、ラ・ボエシーの死によって、モンテーニュ自らの存在も奪われ、アイデンティティの危機に陥ってしまい、再度、自分という存在を見出して、確立しなくてはいけなくなったというのだ。本当に愛している人が死んだ場合、このような状態になることはよくわかるけれど、それにしても、その後のモンテーニュのラ・ボエシーに対する献身は尋常ではない。「死者ラ・ボエシーとモンテーニュの二人は、あらためて友情の成熟の時間を共に生きていた」(高橋英夫『友情の文学誌』)のである。

モンテーニュは、まず亡き友の作品集を編んで刊行した(一五七一年、パリ)。「読者に」と題されたモンテーニュの序文によると、本人はいささかも出版を望んでいなかったものの、散逸するのも惜しく公刊したという。その内容は、ギリシア語からの翻訳が三篇(クセノポンが一篇、プルタルコスが二篇)、ラテン語詩二八篇、それにモンテーニュの「ラ・ボエシー殿の死をめぐる報告」であった。

タイトルページには「彼が創作したところのラテン語詩篇ならびにフランス語詩篇」とあるが、フランス語詩篇の方は、同じ版元から単独の小冊子『フランス語詩集』として刊行されたことに注意したい(アリオスト『狂えるオルランド』第二三歌の翻訳とラ・ボエシー作のソネット二五篇)。この小冊子には、ヴェネツィア大使のフォワ伯ポールという敬愛する人物——生前のラ・ボエシーを知っていたと思われる——への書簡体の献辞が付され、モンテーニュはラ・ボエシーの優れた詩篇への高庇を願っている。

ラ・ボエシーの文名を広く顕揚していただきたく、「できるかぎりの部分に分けるのが賢明だと考えた」と献辞にあるとおりで、作品集においても、形見分けさながらに、クセノポンが著したソクラテスの対話篇『家政について(オイコノミコス)』の翻訳はランサック殿に、プルタルコス『モラリア』「結婚訓」の翻訳はアンリ・ド・メームに、同じくプルタルコス「妻への慰めの手紙」の翻訳はモンテーニュの妻フランソワーズに、そしてラテン語詩篇は寛容政策で知られる大法官ミシェル・ド・ロピタル(1504頃-1573)にと、個別に献辞が捧げられている。

フォワ伯ポールの場合は、この地方随一の名門であることを考慮して、わざわざ別の小冊子にするという特別扱いをしたのであろう。ちなみにモンテーニュは一五八一年に、ローマ駐在フランス大使となったフォワ伯と再会し、いっしょに「ローマ七聖堂巡り」をしている。

問題は、『自発的隷従論』と『一月王令に関する覚書』の扱いであったが、「これほど不快な季節の、粗野にして重苦しい空気のなかに放り出すには、あまりにもきゃしゃである」(序文)ことを理由に、モンテーニュは敢えて二つの論考を除外した。では、二つの論考はどうなったのか? 不明な点もあるが、簡単にフォローしてみたい。

彼はラ・ボエシーのことが語られる「友情について」(1・27/28)の冒頭で、雇っている絵描きが、壁面の中央に「丹誠をこめて描きあげた絵」を配置して、「その周りの空白を、グロテスク模様で」埋めていくのを眺めていると、自分もこれを見習いたくなったと述べる。そして、自分には周りのグロテスク模様ならば描けるけれども、「豊かで洗練された」真ん中の絵は無理だから、ここはひとつ「ラ・ボエシーから絵を一枚借りてこよう」、そうすれば「残りの部分」、つまり自分の『エセー』という作品を「引き立ててくれる」はずだと考える。

なんとも異様な発想だが、自作『エセー』第一巻の中央には、ラ・ボエシーの作品を置こうと考えたのだ。それが「ラ・ボエシーが、すごく若い頃に、圧制者に対する自由を讃えて、習作のつもりで書いた」『自発的隷従論』なのだった。『エセー』第一巻は全五七章で構成されるから、第二九章が中央にあたる。繰り返しになるけれど、いくら稀な友愛の追憶の糸をたどるといっても、自分の著作のど真ん中に、亡き友の作品を挿入するというのは奇抜にすぎる。けれども、彼は本気でこの構想を思い描いていた。要するに、『エセー』初版は、亡き友を記念するモニュメントの意味合いが強く、彼自身の『エセー』は中央祭壇のラ・ボエシー作品の引き立て役にすぎなかったのだ。

さて、その『自発的隷従論』は、「かなり前から見識をそなえた人々のあいだで回覧されて」、「多大な評価を得ていた」(1・27/28)。ところが一五七四年になると、二年前のサン゠バルテルミーの虐殺を糾弾し、圧制者に対する人民の抵抗権(「暴君征伐論」とも呼ばれる)を擁護する意図により、偽名で書かれたラテン語作品のなかに、『自発的隷従論』の一部が取り込まれる。同年、そのフランス語版『フランス人の目覚まし時計』も刊行されるのだが、訳者はジュネーヴに逃れたカルヴァン派の牧師・ユマニストのシモン・グーラールであった。両書とも刊行地はエジンバラとなっているが、これはカムフラージュで、実際はローザンヌらしい。もちろん、モンテーニュはこの過激な文書の出版とはいっさい関係ない。一五七七年になると、シモン・グーラールは、自著『シャルル九世治下のフランス国家の覚書』のなかで、『自発的隷従論』をさらに長く引用する(刊行地メデルブールとあるも、実際はジュネーヴ)。

かくして、ラ・ボエシーの著作は、本人の意図とは裏腹に、政治的な反乱を煽るテクスト群に組み込まれていく。モンテーニュがいうところの「不快な季節」が続いていたのだ。やがて『エセー』初版の原稿が完成し、ボルドーの版元シモン・ミランジュは、一五七九年五月九日付けで「特認」(出版独占権)を獲得する。ところが、その二日前、かつてモンテーニュも勤めていたボルドー高等法院の決定を受けて、グーラールの上掲書が「危険な書物」として焚書となっていた。

このような状況では、いくらなんでも、『自発的隷従論』を『エセー』のなかに収めるのは問題が多すぎる。その事情を、「友情について」の終わりでこう述べる。

「この著作(『自発的隷従論』)は、その後公刊されたものの、社会状況をよくできるかどうかなどはおかまいなしに、国家の政体を混乱・変革させようとめざす人々によって、いわば悪しき目的で出され、彼らの手になる別の文章とごったにされてしまったのだ。これを知って、わたしは、この『自発的隷従論』を、ここに収めることはあきらめた。……わたしは、彼がここで書いたことを信じていたということについては、なんの疑いももってはいない。……けれども彼には、その心のなかに大切に刻みこんだ、もうひとつの教訓があったのだ。それは、自分がそのもとに生を受けた法律には、真摯な気持ちで服従し、それを守るということである。彼ほど、自分の国の平和を愛し、同時代の動乱や変革を敵視したよき市民は、かつていなかった。彼としては、その能力を、そうした変動をさらにあおり立てる手だてを提供するよりは、それを消し止めるのに用いたにちがいない」。

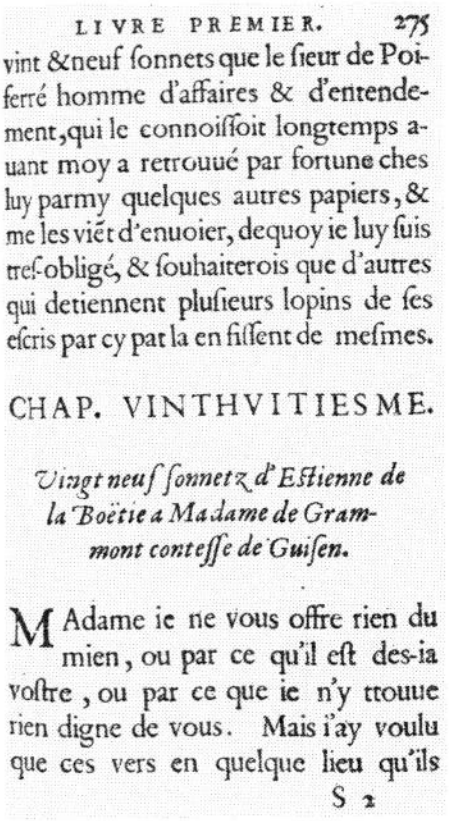
LIVRE PREMIER. 275
vint &neuf ſonnets que le ſieur de Poiferré homme d'affaires & d'entendement, qui le connoiſſoit longtemps auant moy a retrouué par fortune ches luy parmy quelques autres papiers, & me les viēt d'enuoier, dequoy ie luy ſuis treſ-obligé, & ſouhaiterois que d'autres qui detiennent pluſieurs lopins de ſes eſcris par cy par la en fiſſent de meſmes.

CHAP. VINTHVITIESME.

*Vingt neuf ſonnetz d'Eſtienne de la Boëtie a Madame de Grammont conteſſe de Guiſen.*

MAdame ie ne vous offre rien du mien, ou par ce qu'il eſt des-ia voſtre, ou par ce que ie n'y trouue rien digne de vous. Mais i'ay voulu que ces vers en quelque lieu qu'ils
S 2

『エセー』初版.「第28章」と誤植されたページ

ラ・ボエシーは、あくまでも敬虔なカトリック教徒であり、カトリックの非を認めてはいても、過激な手段に訴えることには否定的であった。その死の床では、プロテスタントに帰依したモンテーニュのすぐ下の弟トマ(1534–1602)に対しても自重を求めている(なお、トマはその後、ラ・ボエシーの義理の娘ジャケットと結婚する)。

モンテーニュはそこで、「ここでは、このきまじめな作品に代わって、同じ年頃に作られた、もっと陽気で、楽しい作品をここに収めることにしたい」といって、『エセー』初版の第二九章には、新たに見つかったラ・ボエシーのソネット二九篇を収めることにした(前記の『フランス語詩集』に収めたものとは別)。中央の章を『自発的隷従論』で飾るのに比べれば異常さの度合いは薄れるとはいえ、それにしても、友情のあかしといってすませるには、奇矯なふるまいというしかない。

このソネット集の印刷は、どうやら最終段階であわてて実行されたらしく、「第二九章」が正しいのに、「第二八章」となっているし(この章数の間違いが第三一章まで続く)、ソネットが印刷されている合計一五ページ、つまり本来ならば二七八ページから二九二ページについては、ページ番号(ノンブル)も印刷されていない。土壇場での差し替え劇のあたふたぶりが、目に浮かぶようだ。

『自発的隷従論』のその後の運命について、簡単に記しておく。ナントの王令の廃止(一六八五年)後、国外に亡命したプロテスタントのピエール・コストが編んだ『エセー』(デン・ハーグ、その後ジュネーヴ、ロンドン)には、附録として添えられた。またフランス革命期には、ジャン゠ポール・マラーが自著で剽窃するなど、政治的に利用された。そして一八三五年、宗教思想家ラムネーによりはじめて独立した著作として出版されることになる。

そして、もうひとつの論考『正月王令に関する覚書』は、そのまま忘却の淵に沈んだらしい。研究者が南仏エクサン゠プロヴァンスの図書館で、自筆稿ではなく写しを発見し、公刊に至ったのは、一九一七年のことだった。現在では、厳密な校訂本も出されている(邦訳はまだない)。

ともあれ、『エセー』というテクストは、ある意味ではラ・ボエシーとの友情と彼の早世がなければ出現しなかったともいえる。しかしながら、この喪の儀式を経て、『エセー』第二巻では、モンテーニュの「わたし」が主役となっていく。

やがて一五八八年版では、タイトルページで実際に「グロテスク模様」が採用されて、中央の額のなかには、「モンテーニュ領主ミシェルの『エセー』」と印刷される(三一頁参照)。もっとも、ラ・ボエシーのソネットが置かれた章は、「第二八章」と誤植がそのまま踏襲されているのだが、その理由は不明だ。しかしながら、手沢本「ボルドー本」(コラム4参照)では、モンテーニュは「これらの詩は、別のところに見られる」と加筆して、ソネットをすべて斜線で抹消している。

こうして、『エセー』死後版(一五九五年)では、ラ・ボエシーのソネット二九篇は姿を消すことになる。「エチエンヌ・ド・ラ・ボエシーによる二九篇のソネット」というタイトルは残るものの、序にあたる短い文章があるだけで、肝心のソネット本体はもはや存在せず、「この場所に収められていた、エチエンヌ・ド・ラ・ボエシーによる二九篇のソネットは、その後は、彼の作品集とともに印刷されている」とイタリック体で注記される。ところが、奇妙なことに、実際にはそうした刊本は見つかってはいない。そこで、この注記は死後版を編んだグルネー嬢の手になるもので、今日では失われた刊本が存在したという説もある。

いずれにせよ、親友との友情とその死を契機に始められた『エセー』という試みは、それが終わってみると、ラ・ボエシーは外されている。その代わりに、ミシェル・ド・モンテーニュという「わたし」をわれわれは見出すことになる。

モンテーニュのラ・ボエシーに対する友情の表現のかたちをめぐっては、判然としない部分もあるけれど、最後に、『エセー』死後版に印刷されたことばを引用しておきたい。

「自分には、はたして、その友人を好むだけの価値があるのだろうか? それとも、それに値しない存在なのだろうか? いや、もちろん、十分にそれに値する人間なのだ。――こうして亡き友を哀悼する気持ちが、わたしを慰め、わたしに名誉を与えてくれます。友の葬儀を永遠におこなうことは、わが人生にとっては、敬虔にして、快いお勤めなのであります。はたして、このような喪失にふさわしい快楽はあるのでしょうか?」(2・8「父親が子供に寄せる愛情について」)。

モンテーニュにとっては、親友の死をいつまでも哀悼することが、むしろ快楽であったことだけは確かである。

# 第２章　古典との対話
## 「わが人生という旅路で見出した，最高の備え」

モンテーニュの書斎の天井に刻まれた格言

## 2-1　ローマ人とともに育てられたミシェル

わたしはそもそも、幼い時分から、ローマ人とともに育てられたようなものなのだ。家政のことを知るはるか以前から、ローマの政治のことを知っていた。ルーヴル宮のことを知る前に、ローマのカピトリウムの丘とその地形を知っていた。セーヌ河より先に、ティベリス河(テーヴェレ河)を知っていたのだ。わが頭のなかは、フランスのどの人物にもまして、ルクッルス、メテッルス、スキピオといった人物の性格、考え方、そしてその運命のことでいっぱいであった。その彼らは死んでしまっている。父も同様だ。……わたしは性分からして、死者たちに対してむしろ親切になるのだ。彼らは自らを助けることができないだけに。

(3・9「空しさについて」)

「ローマ人とともに育てられたようなもの」とは、もちろん、物心がつく前からラテン語を

「母語」として英才教育を授けられたことをいっている。ここで興味深いのは、古典との交わりが父親の記憶と結びついていることだ。早期英才教育を受けさせた父親がうっとうしい部分もあったかもしれないものの、モンテーニュにとって父親は終始愛すべき存在であり、「父に対する思い出、愛情、交わり」を抱き続けるのだった。

「友情と感謝」なるものは、その対象がこの世にいないからといって、失われることはない。古典にしても、友人や父親にしても、「わたしの助けを必要としている」ように感じる彼は、感謝の気持ちをふるまいで示す。古典の場合は、それらを手に取って読むことこそ、感謝の表現なのだった。

話を子供時代に戻そう。ここにいるのは一人の奇妙な子供である。「自然に、書物も文法も授業もなしに、鞭もなければ、涙もないままに……純粋なラテン語を覚えた」のは良いとして、その代わりに、「フランス語も〔地元の〕ペリゴール方言も、アラビア語同然にさっぱりわからない」少年なのである（1・25/26「子供たちの教育について」）。

そのミシェル少年は、六歳のころに、新設にもかかわらず優れた教授陣を擁する、ボルドーのギュイエンヌ学寮（コレージュ・ド・ギュイエンヌ）に入れられる。母語としてのラテン語に囲まれた日常から引き離されたことになる。「父は、わたしのためを思って、有能な個人教授を選んでくれたり、教育のありとあらゆる場面での配慮をおこたらず」（1・25/26）と書いているのは、ラテン語の実践能力の維持を目的として、父親が手を尽くしてくれたという意味だろう。母語の小宇宙から引き出されてしまったミシェル少年。

母語の外に出ることを示す「エクソフォニー」ということばは、多和田葉子『エクソフォニー』のおかげで市民権を得ている。このエッセイのサブタイトルは「母語の外へ出る旅」、日本語という母語から脱出してドイツ語圏に移った彼女は、「エクソフォニー」と「シンフォニー」とを引っかけて、「この世界にはいろいろな音楽が鳴っているが、自分を包んでいる母語の響きから、ちょっと外に出てみると、どんな音楽が聞こえはじめるのか。それは冒険でもある」と書いた。

モンテーニュの「母語の外へ出る旅」とは、ラテン語の響きから出て、心ならずも、フランス語の響きのただなかに入り込むことだった。話す習慣がなくなって、「わたしのラテン語はすぐに退化してしまった」(1・25/26)という。母語ならざるフランス語の世界に放り込まれて、少年はさぞかし途方に暮れたにちがいない。

ところが、本が彼を救ってくれたのだ。

「わたしが書物に対して、最初に興味をおぼえたのは、オウィディウスの『変身物語』の神話を読んで、おもしろかったのがきっかけです。七、八歳のころは、ほかのあらゆる楽しみからそっと抜け出して、そうしたお話を読んでおりました。とにかく、その本はわたしの母語で書かれてましたし、知っているうちで、いちばん簡単な本でしたし、その内容からしても、年端《としは》もいかぬわたしにはぴったりだったのです」(1・25/26)。

書物のなかに母語を見出した彼は、書き言葉において母語の世界に回帰することができた。さぞかし幸福感に包まれたにちがいない。こうして学業がおろそかになったものの、理解ある先生が見て見ぬふりをして、少年が「本をむさぼり読むのを」許してくれたという。ちなみに、精神分析にも明るい批評家スタロバンスキーは、母語との再会にリビドー的な性質を見出して、分析している(『モンテーニュは動く』)。こうして彼は、ウェルギリウス『アエネイス』を一気呵成に読み終えると、テレンティウス、プラウトゥスなどの古典を次々と読破していった。読書人モンテーニュの誕生である。

ミシェル少年はまた、ラテン語劇を「すました顔、やわらかな声、しなやかな身ぶり」で演じて、学校でも「屈指の演技者」との評判をとった(1・25/26)。引き離された母語の世界に回帰して、一体化するという身体的な快感を覚えていたに相違ない。これは別の個所でふれるけれど、後年のモンテーニュは『エセー』において、現在ならば「剽窃」といわれかねない仕方でもって、ラテン語の古典を借用に及ぶのみならず、しばしば自分のものとして地の文のなかに流し込んでしまう。このことも、母語をめぐる、少年時の彼の体験と深いところでつながっているような気もする。

そんな彼もやがて、フランス語で書かれた作品も読むようになったにちがいない。ただし、受けた教育が厳しくて、『湖のランスロ(ランスロット)』や『アマディス・デ・ガウラ』など、「フランスの子供が暇つぶしに読む、あれやこれやの雑本は名前も知りませんでした」と打ち明ける(1・25/26)。

『湖のランスロ』はもちろん円卓の騎士で、アーサー王物語の主役の一人である。『アマディス・デ・ガウラ』は一六世紀のスペインで一世を風靡《ふうび》した騎士道物語で、フランス語訳も人気を博していた。セルバンテスがアマディスを模倣すべく、冒険に出る滑稽な騎士ドン・キホーテを造形したことで知られてもいる。モンテーニュは、当時、みんなが夢中になった物語のキャラクターのことを知らなかったのだ。

## 2-2　書物、人生という旅路の最高の備え

書物との交わりは、わたしの人生行路において、いつでも脇に控えていて、どこでも付いてきてくれる。老年にあっても、孤独にあっても、わたしを慰めてくれる。なんともやるせない徒然《つれづれ》の日々の重苦しさを取り除いてくれるし、うんざりする仲間からだって、いつでも解放してくれる。……わずらわしい思いを遠ざけるには、とにかく書物に助けを求めればいい。たちま

ち書物のほうに注意を向けてくれて、わずらわしい思いを追い払ってくれる。……「もうじき読む」とか、「あした読もう」「気が向いたら読もう」などといっているうちに、時が過ぎ去っていくのだけれど、別にそれで気を悪くしたりしない。書物が自分のかたわらにあって、好きなときに楽しみを与えてくれるのだと考えたり、あるいは、書物がどれほどわが人生の救いになっているのかを認識したりすることで、どれほどわたしの心が安らぎ、落ち着くのか、とてもことばでは言い表せないほどだ。これこそは、わが人生という旅路で見出した、最高の備えにほかならない。だから、知性がありながら、書物を欠いている人が、大変に気の毒でならない。

(3・3「三つの交際について」)

---

「三つの交際について」と題された章である。ここでは、友情、愛情(女性との)、そして書物との交わりが語られる。とはいえ、人間との交わりは偶然的な要素も大きいし、相手次第でもあるばかりか、友情は「悲しくなるほど稀」なのだし、愛情は「年齢とともにしぼむ」。友情とはもちろん、ラ・ボエシーとの「甘美なる交わり」(1・27/28「友情について」)のことが念頭にある。

かくしてモンテーニュは、「はるかに確実で、はるかに自分自身のものとなる」として、書物との交わりに最高の価値を置く。もちろん彼は「宮廷社会の喧噪」も嫌いではないし、「快活にふるまう」すべも心得ており(3・3)、多くの客を屋敷に迎えている。とはいえ、社交とは「配役をしっかり演じ」れば十分な場にすぎず(3・10「自分の意志を節約することについて」)、『エセー』という画期的な作品を残すことになるモンテーニュにとっては、なによりも「自己を研究する」(3・3)ことが最重要の仕事なのであった。

そこで、「自分の心の動きや思考を自分自身に集中させる」(3・3)ために、意識的に孤独を求めてというか、自己との対話を、古典との対話を求めて、塔の書斎へと足を向けたのだった。

とはいっても、彼は本の虫ではない。右の引用で略した個所でも、ふだんは書物を活用しないから「書物を知らない人々と大差ない」とまで述べている。それでも、書物はいつでも好きなときに手に取れるから、所有しているだけで安心なのである。本のヴァーチャル化が進行しているインターネットの世紀にあっても、紙媒体の本が「かたわらにあって、好きなときに楽しみを与えてくれる」と思って、ほっとする読書人もまだまだ多い。モンテーニュは、そうした喜びを最初に書き付けてくれた人間だと思う。

彼が精読派というよりは多読派であることも、本質的なことだ。「わたしは、こっちの本にあきたら、あっちの本を手にとる。そして、なにもしないでいて、どうにも退屈でしかたがないときだけ、読書に没頭する」(2・10「書物について」)と告白するごとく、かなり好き勝手な読者、わがままな読者なのである。「三つの交際について」でも、次のようにいう。「ここ〔塔の書斎〕で、ある時はこの本、またある時は別の本と、秩序も、目的も、とりとめもなくページをめくる。時には夢想をし、時には、歩きまわったりして、ここにあるような、とりとめもない思いを書きとめたり、綴ったりする」。

「歩きまわったりして」というのも、いかにも彼らしい。思索は「座らせておくと、眠ってしまう」と認識しているから、精神を脚で進めてやるのだ。精神と身体との共同作業としての思索は、孤独が「むしろわたしを外に向かって大きく拡げてくれる」という意識とも通底している(3・3)。個人的な空間における読書と思索が、むしろ、その世界観を拡げていったのである。

『エセー』1608年版タイトルページ(個人蔵)

「とりとめもなくページをめくる」という表現にも注目したい。かつて、中世のキリスト教社会では、読書とはなによりも聖なるいとなみにほかならず、聖書・神学関連の限られたテクストを、小さな声で音読して、口から耳を通じて自分の精神に刻み込むことを通じた、聖なる知が志向されていた。シトー会の聖ベルナルドゥス(一二世紀前半)は読書について、「牛」になるべきことを奨めたという。聖なるメッセージをかみ砕き、ゆっくりゆっくり反芻して、その果実を消化・吸収すべきことが求められていたわけだ。音読といったが、中世の読書は口の動きという運動性を伴っていた。回復期の病人に、読書が運動として推奨されていたともいうのだからおもしろい。

一方、モンテーニュの場合、読書の身体性は歩きまわることに示されているし、こっちにあきたらあっち、というように、かなりリラックスした読書スタイルであって、とても親しみがもてる。「まともな暇つぶしによって、自分に喜びを与えること」(2・10)という読書の目的も、よくわかる。気晴らしの読書ということだ。四〇〇年以上も前に、こうした発言をした人間など、ヨーロッパにはほとんどいない。

モンテーニュ流の読書スタイルは、こんな風にも表現されている。

読書をしていて困難な個所にぶつかっても、いつまでも爪をかんでなんかいない。一、二度、突撃をこころみたら、あとはほうっておく。そこにいつまで立ちつくしていても、こんがらがるだけだし、時間がもったいない。わたしは直感的な性格だからして、最初の攻撃でわからなければ、しつこく攻めても、よけいわからなくなるだけなのだ。……そんなときは、いったん引きさがり、また新たに見つめる必要が生じる。ちょうど、緋色の生地の光沢を判断するには、少し上のほうから、ちらりちらりと、あちこちから視線を走らせてみなさいと命じられるのと同じなのだ。

(2・10「書物について」)

われわれは古典を読むというと、ついつい身構えてしまい、それだけで肩がこりそうになる。でも、むずかしかったらいったん退却するという、モンテーニュの読書法を知って、ほっとする。しばらく時間を置いてから、またその本を手に取って、ちょっと違うスタンスで読んでみればいいのだ。それにしても、テクストの読み方を、生地の光沢を見る角度にたとえる比喩が鮮やかではないか。

## 2-3　昼型の読書人、夜型の読書人

人々との交際ということですが、わたしとしては、書物の記憶のなかでだけ生きている人々を、なによりも含めているつもりなのです。歴史の本を通して、最高の時代の偉大な人々と交わることができましょう。……歴史を覚えさせるよりも、それについて判断することを教えるべきなのです。歴史というのは、わたしが思いますに、あらゆる題材のなかでも、われわれの精神というものが、もっとも多様な方法でもって、打ち込める題材なのです。

（1・25/26「子供たちの教育について」）

彼が「人々との交際」というとき、それは書物の世界を含んでいる。「歴史の本」というのは、プルタルコス『対比列伝』のことが念頭にある。ルネサンス人にとって、古典古代の人々とその生き方は、常に参照すべき手本だった。「この大きな世界は……、鏡でありまして、われわれは、自分を正しく知るために、この鏡に自分を映して見る必要があるのです」と、モンテーニュは同じ章で述べているけれど、「大きな世界」とは古典のそれも包摂していた。彼は時の旅人として古典の世界に移動するかと思えば、空間の旅人として長期の大旅行も試みたのである。

モンテーニュ家の当主さまは、「自分が現代には無用な存在だと悟ると、わたしはローマ時代に退いていく」と、母屋という家政の場を離れて、中庭を横切り、塔の書斎へと向かった――「偉大な名前を、幾度も口のなかで繰り返しては、わが耳に響かせ」(3・9「空しさについて」)ながら。そして、ときおり、円形の書斎に隣接した長方形の部屋の窓から中庭を覗きこんで、使用人たちの仕事ぶりをチェックすると、また書斎に戻って書物と交わるのであった。

とはいえ、繰り返すようだが、彼は書物による知識を絶対視してなどいない。「もっぱら書物にたよった知識力とは、なんとなさけない知識力であることか！」(1・25/26)という有名な表現を思い起こそう。

「書物にたよった」は livresque の訳語なのだが、これは「書物 livre」(英語ならば book)の形容詞である。そしてこの形容詞は、実はこの個所が初出だ。つまり「ブッキッシュな」(机上の)という形容詞の生みの親はモンテーニュなのである。『エセー』ではもう一個所、頭でっかちな学者たちのことを、「書物に関する《リヴレスク》裁判権を一手に握っている」(2・17「うぬぼれについて」)連中と形容して、皮肉っているのが痛快だ。

そんな彼は、「夜はけっしてここにはいない」(3・3「三つの交際について」)。塔の書斎にいるのは昼間だけなのだった。もちろん、夜間、母屋で熱心に読書した可能性もあるけれど、そういう記述は見つからないから、一応、昼型の読書人間と規定しておきたい。

「引退の辞」のある部屋から眺めた
モンテーニュの城館と中庭

この点で、もう一人のルネサンス人の古典との交わりとは大きなコントラストをなす。フィレンツェ共和国官僚として活躍したマキァヴェッリ(1469–1527)のことだ。一五一三年、反メディチの陰謀に加担した疑いで下獄、恩赦で釈放されたものの、彼はしばらく、フィレンツェ郊外の山荘での暮らしを余儀なくされた。モンテーニュの城館周辺はボルドー・ワインの産地で、現在ではワイン街道が走っているが、マキァヴェッリが浪人生活を送ったのは、現在のキャンティ・クラシコの産地であった。

昼間は所有する森林を監督するという家政をこなしながら、持参した袖珍本《しゅうちんぼん》を野外で開き、ペトラルカ、オウィディウスなどの恋愛詩を読んでは、若き日の甘美な思い出にふけった。昼食後は、居酒屋でカードをして遊び呆けた。けれども、ひとたび夜を迎えると、マキァヴェッリは別人になる。

「晩になると、家に帰って書斎に入ります。入り口のところで泥や汚れにまみれた普段着を脱ぎ、りっぱな礼服をまといます。身なりを整えたら、古《いにしえ》の人々が集う古《いにしえ》の宮廷に入ります。私は彼らに暖かく迎えられて、かの糧を食します。その糧は私だけのもの、そして私はその糧を食べるために生まれてきたのです。私は臆することなく彼らと語り合い、彼らがとった行動について理由を尋ねます。すると彼らは誠心誠意答えてくれます。四時間もの間、退屈など少しも感じません。あらゆる苦悩を忘れ、貧乏への怖れも死に対するおののきも消え去って、彼らの世界に浸りきるのです」(書簡二四、フランチェスコ・ヴェットーリ宛、一五一三年一二月一〇日、和栗珠里訳。『マキァヴェッリ全集』6所収)。

モンテーニュにおける、家政の合間のリラックスした読書とは異なり、マキァヴェッリのそれは、身なりを整えての繙読という夜の儀式だった。居ずまいを正した古典との対話である。『君主論』は、こうして誕生した。

自主的な隠遁と、意に反しての隠遁という違いは存在する。だが、どちらも閑暇という意味では同じであって、そこから『君主論』と『エセー』という古典が生まれたのである。

## 2-4 セネカ vs. プルタルコス

きみは今日まで、泳いだり、浮かんだりして生きてきた。そろそろ死ぬために、港に入ったらどうだろうか。人生の大半を光に与えたのだから、こちらの部分は、影に与えるがいい。仕事の成果を手放さないかぎり、仕事から離れるのは不可能なのだから、名声や栄誉といった心配ごとは、すっかり捨ててしまうのだ。きみの過去の行為の輝きが、まぶしいほどにきみを照らし出して、隠れ家にまでつきまとってくるおそれだってある。他の快楽といっしょに、他人の承認に由来する快楽も捨ててしまえばいいではないか。

(1・38/39「孤独について」)

少し前の個所でモンテーニュは、「名誉と安息」は「同居することなどできない」と述べて、正しい隠遁・孤独のすすめを説いている。というか、あなたがたも実人生での浮沈をずいぶん経験してきたけれども、もうこのあたりが年貢の納め時です、名誉や栄光なんか気にしなくていいのですよと、優しく諭しているのだ。

そして、孤独と引退がひとつの方便であって、著作によって「不滅の生」を、つまりは名声を獲得しようと考えているとして、キケロなどの姿勢を批判もしている。『エセー』でキケロを大いに使い回していることとは裏腹に、古代ローマの最高の文人に対するモンテーニュの評価は案外と厳しいことに驚かされる。

だが、ここではキケロのことはやりすごして、右の引用に注目したい。そろそろ港に入ったらどうですかとは、一読して、印象に残る一節だ。ところがこの個所、実はオリジナルではない。次の文章を読んでみよう。

「私たちは沖合いで生きてきたのだから、死ぬときは港の中にしよう。私は君に、隠居暮らしから名声を求めよ、などとは勧めない。それは言いふらすべきでも押し隠すべきでもないのだから。……君は物陰にいることはできない。どこへ逃れても、昔の輝かしい光明がついてくるだろう」(セネカ『倫理書簡集』一九、高橋宏幸訳。『セネカ哲学全集』5所収)。

モンテーニュはセネカを巧みにアレンジしている。それにしても、名アレンジャーではないか。「孤独について」の章を読み進めると、「無為と隠遁から名誉を引き出そうと望むなどは、なんとも卑怯な野心というしかないぞ。動物のように行動しなくてはいけない——彼らは巣穴の入口で、きちんと足跡を消すではないか」という忘れがたい文章も出現する。これもまた、「閑暇を自慢するのはものぐさな虚栄だ。動物の中には、見つけられないように、ねぐらのまわりにある自分の足跡をかき消すものがある。君も同じことをすべきだ」(前掲『倫理書簡集』六八)と、元ネタはセネカなのである。

モンテーニュが『エセー』を、「ぴったりとは合わない寄せ木細工」(3・9「空しさについて」)と呼んでいたことを思い出そう。彼はあちこちからピースを集めてきては、自分流に組み合わせる。「ぴったりとは合わない」は謙遜だ。『エセー』を読んでいて、ピタッと決まる名ゼリフが出て来たとしても、それはモンテーニュ本人のことばではなくて、どこかからの借り物かもしれないと、一度は疑ったほうがいい。

これはモンテーニュがなかば確信犯的に行っていることで、このようなスタイルによって『エセー』の価値が落ちるわけではなく、むしろ『エセー』全体の魅力は増している。さて、そのセネカについて、モンテーニュはたとえばこう述べている。

自分の思考やあり方をどう整理すればいいのか教えてくれて、役に立つ書物というならば、それはプルタルコス——彼がフランス人になってからの話だが——と、セネカにとどめをさす。(2・10「書物について」)

セネカは、プルタルコスと並んで、モンテーニュにとってもっとも大切な古典なのであった。これに続く文章がとても興味深い。

この両者は、こちらが求めている知識が、個別の断片として扱われていて、わたしにはとうていむりな、長時間のしんぼうを強いられることがないから、わが性格にも、ぴったり合っているのだ。プルタルコスの『小品集』(『モラリア』のこと)と、セネカのうちで、もっとも美しくて、有益な『倫理書簡集』がそうしたものである。いずれも、そんなに大げさにかまえなくても入っていけるし、好きなところでやめることができる。一篇ずつが独立しているおかげなのである。(2・10「書物について」)

モンテーニュが、「秩序も、目的も、とりとめもなくページをめくる」(3・3「三つの交際について」)ことを愛する気ままな読者であることは、すでにふれたが、数多くの「断片」あるいは断章からなるセネカとプルタルコスは、そうした読書のスタイルにぴったり合致する。「両者からは、……桶をいっぱいにしては、それを空けてと、たえず汲みあげているのです。そのなにがしかは、この紙(『エセー』のこと)に注ぎました」(1・25/26「子供たちの教育について」)というとおりであって、この二人の作品が『エセー』には深く浸透している。

プルタルコスの『モラリア』(『小品集』)についてはあとで述べるとして、セネカ『倫理書簡集』は、後期ストア派のセネカの哲学書のなかで、もっとも愛読されてきた作品である。若き友人ルキリウスの疑問に答える手紙という形式を借りて、徳とか善といったテーマをわかりやすく語ったもので、邦訳も数種類存在する。現存するのは一二四通、これをしっかりと読めばストア哲学にすんなり入っていけそうだし、賢者の知恵の宝庫として定評がある。

たとえば『清貧の思想』で知られる作家の中野孝次は、晩年セネカに魅せられ、生と死・幸福への処方箋として、書簡集などをドイツ語訳から翻訳し、解説を付けている(『ローマの哲人 セネカの言葉』『セネカ 現代人への手紙』)。中野はセネカを、抽象的・概念的ではない形での「人間となる術」を意図したところの、『論語』にも通じる作品だとして、今の日本に強く求められているものだと述べている。同感だし、わたしからいわせれば、『エセー』もまたそのような作品なのである。

ところで、従来から『エセー』の標準的なエディションとされてきたものは、二人の編者の名前を採って「ヴィレー＝ソーニエ版」と略称されている。そして、このヴィレー＝ソーニエ版の『エセー』には、「モンテーニュの蔵書カタログ」が添えられている。モンテーニュが所蔵し、繙読したとおぼしき書物のリストに加えて、『エセー』での活用状況も記されているから、便利この上ない。

これによれば、『倫理書簡集』が元ネタとなる個所が二九八にも及び、うち八一個所が引用なのだという。たとえば「酔っぱらうことについて」(2・2)という章は、『倫理書簡集』八三を出発点として綴られるものの、文中一四回に及ぶラテン語の引用にはホラティウス、ウェルギリウス、ルクレティウスは見られても、セネカがない。しかしながら、引用という形で表面に現れなくても、しばしばセネカがほのめかされるのだ。『倫理書簡集』は、いわば地模様として活用されている。

ところで、セネカとプルタルコスとを比較したモンテーニュは、その共通点として、両者とも、「有益にして、真実味のある考え方を開陳してくれる」し、外国の出身でありながら、「二人ともローマ皇帝の師傅《しふ》をつとめている」点を挙げている(2・10)。

スペインのコルドバに生まれたセネカ(BC 4頃-AD 65)が、ネロの家庭教師となったことはよく知られている。他方、ギリシアの片田舎カイロネイアに生を享けたプルタルコス(AD 46頃-120頃)の場合も、五賢帝の一人トラヤヌス帝の師傅をつとめたという説が流布していた。モンテーニュが読んだジャック・アミヨの名訳による『対比列伝』や『モラリア』の序文でも、このことへの言及があるから、モンテーニュはこれを受け売りしたらしいが、現在では、その信憑性には疑問符が付いているという。

さて、その皇帝との関係についてであるが、セネカには「当時のローマ皇帝の専制に服従している」(2・10)ところが見られるという、モンテーニュの洞察力は鋭い。

セネカは哲学者と政治家という二つの顔を持つヤヌスである。ストア派哲学者としての側面が強調されるものの、ネロの宮廷での政治家として見れば、ずいぶんと闇の部分を抱えている。ネロの母アグリッピナがクラウディウス帝を毒殺すると、ネロによる追悼演説を代作するかたわら、前帝を風刺する『ひょうたん化(アポコロキューントーシス)』なる戯文を著したセネカ。ストア派の哲学者としては、富の空しさを重ねて説きながら、自分では、しゃにむに蓄財に励んだというセネカ。ずいぶんと、矛盾した人間だ。最近の研究書には、皇帝ネロによる母殺しと弟殺しの「隠蔽に手を貸し」、「少なくともそのうち一件では、殺害に手を貸していた」と明言してあって、わたしは少なからず驚いた(ロム『セネカ 哲学する政治家』)。やがて彼自身も、ネロによって自害に追い込まれたのであった。

いずれにせよ、セネカ本人がそうした闇を意識していたからこそ、あれほど善き生に、幸福な生にこだわり、みごとな作品を残せたのではないのか。モンテーニュが「弱さや、おそれや、よこしまな欲望に対して徳を武装させようとして、心をくだくあまり、身を固くして、しゃきっとしすぎている」(2・10)と評したのも、うなずける。

次は、プルタルコスである。先ほどの引用で「プルタルコス――彼がフランス人になってからの話だが――」とあるのは、すでにふれたアミヨの仏訳をさす。モンテーニュは、「ギリシア語については、ほとんどなにも知りません」(1・25/26)と告白している。これは多少とも謙遜であって、かなり読めたかもしれないのだが、文献学者でもなんでもない彼には、アミヨの翻訳があれば十分なのだった。

別の個所でも、「こっちはギリシア語が皆目わからない」といってから、アミヨ訳のプルタルコスを絶賛している。いわく、「彼の翻訳のいたるところに、簡潔にして、一貫した意味が見てとれるわけで、彼は、きっと著者の真意を理解していたにちがいない」、さらには、「プルタルコスとの長い間の付き合いのおかげで、自分の心のなかに、プルタルコスの心の全体像を、がっちりと植えつけていたために、少なくとも、プルタルコスの考えに反したり、食いちがったりすることは、なにひとつ加えるようなことはしていない」と(2・4「用事は明日に」)。

そうして、このように讃辞をしめくくる。

これほど風格もあり、時宜にかなった書物を選んで、祖国〔フランスのこと〕へのプレゼントとしてくれたことについて、アミヨにはとりわけ感謝しているのである。もしもこの書物が、われわれを泥沼から引き上げてくれなかったなら、われわれのごとき無知な人間は、破滅するしかなかったにちがいない。……これこそ、われわれにとっての聖務日課書なのである。

(2・4「用事は明日に」)

「われわれにとっての聖務日課書」というのは、座右の書、枕頭の書、あるいは愛読書といった意味合いである。プルタルコスといえば、まずは『対比列伝』(二世紀初めの成立。『英雄伝』とも呼ばれる)であろう。モンテーニュは、「人間存在のありさまが……生き生きと現れている」し、「人間の内面の多様性や真実」ばかりか、人間を形成する要素、人間をおびやかすできごとが描かれたジャンルとして、歴史を愛好する。なかでも、「できごとよりも、その動機に、つまり外側に出てくるものよりも、内側から出てくるものを時間をかけて描くから」として、伝記作者たちを偏愛している(2・10)。

そこで真っ先に挙がるのがプルタルコスであって、「歴史家のなかの歴史家」と激賞される。なお、もう一人、『ギリシア哲学者列伝』(三世紀前半の成立)を著したディオゲネス・ラエルティオスもお気に入りで、希羅対訳本で読んだらしく、この小伝が「あと一ダースほどあればいいのに、この作家がもっと広く知れわたり、もっと理解されてもいいのに」(2・10)と残念がっている。たしかにこの著作がなければ、たとえば、もう一人のディオゲネス、つまり犬儒学派(キニク派)のディオゲネスの樽の逸話も、奇行や皮肉な答弁も、後世にはほとんど伝わらなかったのだ。

さて、『対比列伝』は、古代ギリシア・ローマの政治家を主とした合計五〇人の伝記と比較だが、そのほとんどの人物が『エセー』で直接間接に言及されているという。「怒りについて」(2・31)ではキケロとセネカが比較され、結局はセネカに軍配が挙げられている。こうした手法は『対比列伝』譲りなのだ。さらに、「三人の良妻について」(2・35)や「もっとも傑出した男たちについて」(2・36)では、比較の対象が三人に広がる。

アミヨ訳の『対比列伝』が出たのが一五五九年、『モラリア』は一五七二年で、モンテーニュがどの版で読んだのかは特定できない。いずれにせよ、最初に読んだのは『対比列伝』なのだが、やがてモンテーニュは、膨大な数の雑文集ともいえる『モラリア』の融通無碍《ゆうずうむげ》なスタイルにはまった。セネカの『倫理書簡集』と並んで、「一篇ずつが独立している」プルタルコスの『モラリア』が自分にぴったりだと感じたのだ。では、この両者の比較をおこなっているところを、少しだけ覗いてみよう。

セネカを「身を固くして、しゃきっとしすぎている」と評していることはすでに述べたところだが、そこでは、『倫理書簡集』の作者について、「移り気というか、多彩なのである」とも書いている。一方のプルタルコスは「より均一で、ゆるぎがなくて」、「悪徳の力などたかが知れていると考えて、やたらと足を速めたり、身がまえたり」しない。そして、セネカが皇帝の顔色をうかがいがちであったのに対して、プルタルコスは「どこにあっても自由で」あると規定してから、「機知あふれることばや皮肉にみちている」セネカと比べて、プルタルコスは「さまざまなできごとにみちている」という。「ことば」対「できごと」なのである。

プルタルコスの『モラリア』も『倫理論集』と訳されていることからわかるように、セネカの『倫理書簡集』とは「倫理(モラル)」という共通項を有している。けれどもプルタルコスの場合、これは私見なのだけれども、「モラリスト」というときの「モラル」に近いものが感じられる。

モンテーニュ、ラ・ロシュフーコー、パスカルといったフランスのモラリストとは、「道徳(モラル)」(フランス語では morale)を論じるというよりも、むしろ「風俗・生活習慣」(フランス語では mœurs となる)の奥に人間存在の本質を見ようとするところの、「人間観察家・人間探究家」であった。モラリストが採用した形式は、ラ・ロシュフーコーのような「箴言」から、モンテーニュのような「随想」まで多様であったが、『エセー』の祖型は、やはりプルタルコスの『モラリア』だと思う。

上述の「ヴィレー＝ソーニエ版」に名を残す、偉大なモンテーニュ学者ピエール・ヴィレー(1879-1933)が『対比列伝』に関して、「プルタルコスにおける歴史は、一人のモラリストが論じた歴史である」(『モンテーニュの〈エセー〉』)と評しているが、まったく同感だ。それに続いて、この盲目の碩学は『モラリア』を念頭に置いて、「けれども、このモラリストは、小品の枠組みのなかで、もっとのびのびとしているではないか！」という感想を口にする。これまた実によくわかるのだ。

さて、モンテーニュによるセネカとプルタルコスの対比の結論を引こう。

セネカが、刺激を与え、興奮させるかと思えば、プルタルコスは、われわれをさらに満足させ、より多くの見返りをくれる。プルタルコスはわれわれを導くのであり、セネカはわれわれを駆りたてるのである。(2・10「書物について」)

人間やその風俗を温かな目で観察して、優しく諭してくれるプルタルコスは、ある意味で「ゆるキャラ」の哲学者であって、それゆえに底が浅いと非難されたりする。でも、モンテーニュは逆に、そうしたところに強く惹かれた。「一連の哲学者のなかでも、もっとも控えめにして穏健で」(2・12「レーモン・スボンの弁護」)、「どこを選んでもすばらしい」(2・31)のがプルタルコスなのだった。『モラリア』は七五篇が現存していて、モンテーニュはそのうちのなんと六二篇を『エセー』

で活用しているという。具体的な紹介は控えるが、この「怒りについて」の章では、逆上した親たちの体罰や虐待から話し始めて、「わたしの場合も、押し隠し、必死に抑えるのに、これほど苦労する感情はない」として、その対処の仕方をあれこれ考えている。そこには、セネカの『怒りについて』とともに、「怒らないことについて」というプルタルコスの『モラリア』の一篇がしっかりと漉き込まれている。

## 2-5 ソクラテスに徳の輝きを見る

わたしからすると、徳というのは、われわれの内部に生じる善への傾向とは別物にして、より高貴なもののように思われる。たしかに、生まれのよい、規律正しい精神は、有徳な精神と同じ道を歩むし、そのふるまいにおいても、同じような相貌を見せる。しかしながら、徳には、恵まれた素質によって、静かに、平和に、理性にしたがって導かれていくということを越えたところの、なにかしらもっと偉大で能動的な響きが感じられるのだ。……徳という名称は、困難さや葛藤を前提とするのであって、対立する相手なしには発揮しえないように思われるのだ。……《徳は攻撃を受けることで、大きくなる》(セネカ『倫理書簡集』)のである。

(2・11「残酷さについて」)

善人というか、先ほどの「怒り」に関してならば、温厚な人は、たしかに立派な存在だ。でも、生まれつき穏やかな人間は、困難も葛藤も抱えていないのであって、むしろ、そうした困難や葛藤を乗り越えたところにこそ、徳が立ち現れるというのが、モンテーニュの基本的な価値観なのだろう。彼は同じ章で、レウクトラの戦い(前三七一年)でスパルタを破ったテーバイの将軍・政治家エパメイノンダスに関しても、運命によって与えられた「豊かさ」を拒んで、「極貧のうちにとどまり続けた」ことのうちに、試練と格闘する徳の姿を見ている。

ちなみに、このエパメイノンダスは、「もっとも傑出した男たちについて」(2・36)で、ホメロス、アレクサンドロス大王とともに群を抜いて優れた三人の男に選ばれて、最終的には卓抜した存在とされる。ただし、その段取りにはやや問題があって、エパメイノンダスはアレクサンドロス大王との比較はなされているが、ホメロスと天秤にかけられてはいないのだ。そもそも、詩人と政治家・軍人はカテゴリーが異なり、共通の尺度はないような気がする。

モンテーニュは、ソクラテスについて、エパメイノンダスよりも厳しい試練にさらされていたと述べてから、悪妻クサンティッペの仕打ちにじっと耐えたことを指摘している。これはやや意外で、ソクラテスならば、もっと別のことがらが挙げられてもよかったのにと、思わなくもない。

でも、これこそが《徳は攻撃を受けることで、大きくなる》ことの証左だという。いずれにせよ、「徳は、容易さという道連れを拒む」のである(2・11)。

そして今度は、ソクラテスの「徳の輝き」を死との対峙において比較・検証する。そこで天秤の片方に乗せられるのは、小カトーの自決である。ちなみにセネカの自決は、賢妻パウリナを主役として、別の個所で論じられている(2・35「三人の良妻について」)。高潔さで知られる小カトー(ウティカのカトー)は、ローマ内乱でカエサルに反旗を翻してポンペイウスに加勢するも、カルタゴ北西のウティカでカエサル軍に包囲されると、「自分の臓腑をひきちぎって」(2・11)自死した。前四六年のことである。

他方、不敬神の罪で死刑判決を受けたソクラテスが、親しい者たちといつもどおりの議論をしてから、従容《しょうよう》として毒杯をあおいで死んだことはよく知られていよう(前三九九年)。この両者の比較である。

まず小カトーだが、「激しく、血塗られた死を心に思い描いた」(2・21「なまけ者に反対する」)この政治家について、モンテーニュは、《彼は、死ぬことの理由が見つかったことを喜びながら、この世を去っていった》というキケロのことば(『トゥスクルム荘対談集』)を引用して、小カトーは「みずからの企てが高貴にして、高邁なものである」ことに思い至ると、「異様なほどの歓喜と、男らしい快楽」のうちに、「それ自体の美しさ」のうちに自死したと判断する(2・11)。このあたりを読むとき、わたしはついつい、第一章「カトーの《ハラキリ》」で始まり、第一四章「三島的行為」で終わるモーリス・パンゲの名著『自死の日本史』を思い出してしまう。

それはさておいて、死刑判決を受けたソクラテスについてである。そこには毅然とした態度にとどまらず、「なにかしら新たな満足感や、うきうきした心の喜びのようなもの」が感じられるとして、「小カトーの死は、より悲劇的で、緊張したものだが、ソクラテスの死は、なぜかしら、さらに美しい」と、モンテーニュは述べている(2・11)。

そして『エセー』第三巻では、こう書くのだ。

死という事態を前にして、ぴたっと立ち止まり、これを注視し、判断を下すなどというのは、第一級の人々だけがなしうることだ。いつもの顔で死と付き合い、死を手なずけて、死と戯れるのは、唯一ソクラテスのみができることなのだ。ソクラテスは、死ぬこと以外に慰めを求めはしない。彼にとって死は自然で、どうでもいい出来事と思われるから、それをまっすぐに見つめて、よそ見をすることなく、死ぬ覚悟を決めるのである。

(3・4「気持ちを転じることについて」)

もうひとつ引いておきたい。「ソクラテスが自分の死を、これほどまでに無頓着で、穏やかなものとして考えたからこそ、後世は、その死を、ますます重大なものと考えるべきものだとみなした」(3・12「容貌について」)というのも、「ソクラテス問題」の本質を突く指摘だと思う。

ここでは、これ以上深く論じることはできない。この機会に、小カトーの死については、プルタルコス『対比列伝』「小カトー」、キケロ『トゥスクルム荘対談集』などを、ソクラテスの死については、プラトン『ソクラテスの弁明』『パイドン』などを読んでみたらどうだろうか。そういえば、小カトーは「ハラキリ」の前に、『パイドン』を二度読み返したとプルタルコスが伝えるが、これも偶然ではあるまい。

ちなみにセネカの場合は、用意した毒薬を飲んだものの、さして効果がなかったとタキトゥス『年代記』が教える。ソクラテスのひそみに倣ったものの、うまくいかなかったようだ。小カトーとソクラテスの死に際が主題とはいえ、最後に、このセネカの名誉も回復しておきたい。

「セネカが死に備えて大いに努力をし、おのれを強くして、死に敢然と立ち向かうために呻吟して、あれほどまでに苦労した姿を見ると、彼の評判なるものを揺さぶりたくもなるけれど、実際の死に際して勇敢であることにより、評判を守ったといえる」(3・12)。

## 2-6　ソクラテス的な知のありようとは

かのソクラテスは、自分のこと以上に、はたしてなにを詳しく論じたか？　弟子たちとの話を、もっぱら彼ら自身のことへと運んでいったではないか。彼らが書物で読んだ教えではなく、彼らの心のありようと、その動きについて、語らせるようにしたではないか。……わたしは自分を、まるごと陳列してみせる。血管も、筋肉も、腱も、各部分が自分の場所に収まっていて、一目で見渡せるところの、「解剖見本《スケレトス》」なのである。……わたしが描くのは、ふるまいではなく、わたしであり、わたしの本質なのだ。……「汝自身を知れ」という神の教えを、しっかりと噛みしめて、このことを学ぶことで、自分を軽蔑する境地に達することができたために、ソクラテスただひとりが、賢者の名にふさわしいと認められたのだ。

（2・6「実地に学ぶことについて」）

「わたしを描く」という『エセー』の主題と、ソクラテスのことを連接させた個所として、選んでみた。ソクラテスは「汝自身を知れ」という教えを大切にして、対話の相手に対しても、少しずつ質問を重ねていくことで、相手が真に思っていること、あるいは相手が本当に考えるべきことに気づかせてやる。これがソクラテス的な知の探求法たる「産婆術」（プラトン『テアイテトス』）だ。

モンテーニュは、そうした賢者のありように、自分を重ね合わせようとした。そこには、自分で、自分に「産婆術」を施しているかのごとき気配がある。赤裸々に描き出す自分自身を「解剖見本 skeletos」に喩えているのが面白いが、どうやらこの学術語はプルタルコスから借りてきた用語らしい。

「汝自身を知れ」を目標にして、良心と判断力を働かせつつ、主体的に哲学すること。「不知」(知らないこと)を体現するソクラテスが、ここでは独断的な思考や学識偏重を拒むことの象徴として機能すると同時に、「クセジュ」という銘とも結びつく。

「いつも地面を歩いていて、穏やかで、ふつうの調子で、もっとも有益な主題を論じているし、死や、この上なく困難な試練に際しても、ごくふつうの人生という調子でふるまっている」ソクラテス、「子供のような純粋な考え方を、妙に変えたり引き伸ばしたりせずに、あのような秩序を付与して、人間精神によるもっともみごとな成果を生み出した」ソクラテス。この人は、「高尚な精神も、豊かな精神も表したわけではなくて、ただ、健全な精神を表したにすぎないのだが、そこには、とても生き生きとした、純粋な健全さが見られる」のだった(3・12「容貌について」)。

つまり、この賢者のうちには、素朴さ・単純さが偉大さと共生しているのだ。ここでは、「ごくふつうの人生という調子」がキーワードだと思う。ソクラテスが死を前にしてもそうした態度を持続していたことは、『パイドン』を読んだだれもが感嘆する点にちがいない。

したがって、モンテーニュはこうも述べる。パラフレーズすると抜け落ちるものが多いから、どうしても引用ばかりになってしまうが、「われわれは、技巧によってとがらせたり、ふくらませたりしたものでないと、その魅力をなかなか認めようとしない」(3・12)というのだ。自然と人工の対立という問題意識でもあろう。粗雑な眼差しは、素朴で単純なものに隠れている魅力を見逃しがちなのだ。

そしてモンテーニュは、ソクラテスを、自然さ、素朴さの、あるいは「不知」の持ち主としてイメージしていく。「ソクラテスは、自分の精神を、ごくふつうの自然な動きで働かせている」と述べてから、「ソクラテスの口から出てくるのは、馬車曳きや、指物師、靴屋、石工のことと相場は決まっていた」とまでいっている(3・12)。

この個所の典拠はプラトンの『饗宴』。酔っ払って宴会に乱入したアルキビアデスが、自身のアンビヴァレントな胸の内を込めてソクラテスを礼賛する場面である。一見するとみにくい「シレノスの彫像」という置物(ぱかっと開けると神々の像が出現する)に託して、「不知」と「徳」という核心にふれているから、そのコンテクストがわかるように引用しておく。

「この人の言葉もまた、シレノスの彫像の覆いを開いたときにとてもよく似ているのだ。もし誰かがソクラテスの言葉を聞こうとすれば、その人は、最初は、じつにおかしな言葉だと感じることだろう。……ソクラテスは、荷運びのロバの話とか、それから、たとえば鍛冶屋の話とか、靴職人の話とか、なめし皮業者の話をする。そして、いつも同じ言葉を使って、同じことばかり言っているように見える。だから、彼を知らない愚か者はみな、彼の言葉を嘲笑するだろう。しかし、もし誰かがその覆いを開いて内部を見るなら、その人はまず、その言葉だけが意味のある言葉だということを見出すだろう。そして次に、その言葉はとても神聖であり、その中にはたくさんの徳の像が含まれていることを見出すだろう。そして、その言葉が関わっているのは、美しくよき人になりたいと願う人が追求しなければならない多くの事柄――いな、すべての事柄なのだ」（中澤務訳）。

アルキビアデスは、酔った勢いもあって、ソクラテスがこうした仮面の魔術でみんなをかどわかしていると訴えているのだけれど、そのことはさしあたりここでは関係ない。モンテーニュは、「現在のわれわれには、あれほど卑俗な形式の底に燦然と輝く、ソクラテスの驚嘆すべき思想の気高さを、はっきりと見分けるのはなかなかむずかしそうだ」という。その理由は、われわれはとかく「学識によって際立たせられていない思考は、平俗なものだと評価しがちであり、盛大に誇示されないと、豊かさに気づくことがない」からである（3・12）。こうした傾向は、現在もなお続いていると思う。

そしてモンテーニュは、次のような比喩を用いる。

人間どもは、ただただ風でふくらみ、まるで風船のように飛び跳ねている。しかし、ソクラテスは、空虚な思想を目標に定めたりしない。彼の目的は、人生にぴったりと即して、現実的に役立つことがらや教えを示すことなのであった。《中庸を守り、度を越えることなく、自然にしたがうこと》(ルカヌス『内乱』)。　　　　　　　　　　　　　　(3・12「容貌について」)

むなしくふくらむ人間存在というのは、モンテーニュお気に入りのイメージであって、彼は書斎の天井にも「からっぽの革袋は息でふくらみ、思慮分別なき人間はうぬぼれでふくらむ」という、「伝ソクラテス」の格言を刻ませていた(コラム5参照)。過剰な知という風船。エラスムスの『格言集』「人間は泡沫」も、「この格言は、人生ほどもろく、はかなく、空しいものはないことをわれわれに教えてくれる」と始まっていたけれど、モンテーニュは知識やうぬぼれでふくらみがちな人間存在の譬えとして、これを好んだのである。

もっともモンテーニュだって、ソクラテスに異を唱える場合もあることを付言しておく。たとえば死刑判決を受けたソクラテスが、「死刑の宣告よりも、国外追放のほうを悪しきものだと考えた」ということに関して、モンテーニュは、自分を「世界人」だと考えていたはずのソクラテスらしからぬ態度だと、不満をもらす(3・9「空しさについて」)。

「世界人」のことは、「ソクラテスは、どこの出身かと聞かれて、「アテナイだ」とは答えずに、「世界だ」と答えたのです」(1・25/26「子供たちの教育について」)と、『エセー』にも出てくる。世界人発言は、プルタルコス『モラリア』「追放について」や、キケロ『トゥスクルム荘対談集』には出てくるものの、プラトンには見つからないというのだけれど、モンテーニュにすれば、この発言が念頭にあるから、納得がいかないのだ。自分なら、それほど「祖国に執着しない気がする」というのである。

しかしながらモンテーニュも、最終的には、ソクラテスが「牢獄から出ることを拒み、法律があれほど損なわれている時代なのに、法に背こうとはしなかった」ことを、「崇高かつ並外れた」生き方だとして尊敬するのだった(3・9)。

ソクラテスへの言及は、『エセー』初版で一六回、一五八八年版で三二回なのに、最晩年の加筆ではなんと六六回にもなるという。死期が迫るほど、アテナイの賢者に近づきたい気持ちが強まったらしい。ソクラテスこそは、『エセー』の最終章に「師のなかの師」(3・13「経験について」)と書き付けたほどの存在なのであった。

# コラム2
# 『エセー』の陰に女性あり
## ——グルネー嬢とノートン嬢

あまり知られていないことだけれど、『エセー』という作品の成立、そしてこの作品を正しく読むということに関して、二人の女性が縁の下の力持ちとして、大きく寄与している。『エセー』死後版(一五九五年)を編んだグルネー嬢ことマリー・ド・グルネーと、『エセー』の語彙集を作成したグレース・ノートンである。

### グルネー嬢

まずはグルネー嬢 Marie de Gournay (1566–1645) について。父親は国王財務官で、母親は高等法院と関係の深い一族の出身である。一〇代の頃から『エセー』をむさぼり読んだ彼女は、著者のモンテーニュに憧れる。そして一五八八年、『エセー』の生前決定版が上梓された年、パリに上京したモンテーニュの知遇を得る。両者がすっかり意気投合して、モンテーニュがその夏、グルネー家に滞在したことは、序章でふれたとおりだ。とはいえ、二人が直接会ったのはこの年だけで、後年グルネー嬢は、「わが父」を所有したのは「二か月か三か月にすぎません。わたしは、みじめな孤児です!」(後述するリプシウス宛書簡)と、一五八八年の幸福な出会いと実家で共に過ごした日々を懐かしむことになる。

やがて一五九二年、モンテーニュは亡くなる。モンテーニュが心血を注いだ加筆訂正を生かした『エセー』を刊行することは、残された者の義務であった。そこで、モンテーニュの遺族や友人の後押しにより、グルネー嬢が編集に当たった。モンテーニュの友人知己を差しおいて、パリのグルネー嬢に白羽の矢が立ったということは、『エセー』の作者が生前、そうした意思表示をしていたにちがいない。

グルネー嬢がプランタン=モレトゥス工房に謹呈した1595年版『エセー』. 誤植などを直筆で訂正してある.「プランタン」の名は『エセー』にも出てくる(3・13)

かくして一五九五年、『エセー』死後版が上梓された。その後、彼女はモンテーニュ村に向かう。モンテーニュの屋敷からフランドルの高名なユマニストに宛てた書簡が残っている。

「リプシウスさま、他の方々は現在、わたしの顔を見てもわかりません。あなたも、わたしの文体だとわからないのではと危惧いたします。それほどに、わが父(モンテーニュ)の死という不幸は、わたしを変えてしまったのです。わたしは彼の娘でしたが、いまは彼の墓です。わたしは彼の第二の存在でしたが、いまは彼の遺灰なのです。……わがよき父の悲しみに満ちた墓に詣でるために、……長旅をしないわけにはいきませんでした。……モンテーニュ家のみなさまが、わたしを大変に慈しんでくださいます。……かしこ。マリー・ド・グルネー。モンテーニュ村にて、一五九六年五月二日」

彼女は、モンテーニュの娘レオノールと特に親しくなったのだった。リプシウス宛の別の書簡では、送付した『エセー』に関して、「正誤表を付けて印刷したのちにも見つかったいくつかの誤植を、わたしの手で(細心の注意を払いつつ)訂正しておきました」云々と書いていて、『エセー』の正しい本文を提供しなければという、彼女の几帳面さがうかがえる。世界文化遺産であるアントウェルペン(アントワープ)のプランタン=モレトゥス印刷博物館には、このようにしてグルネー嬢が誤植を直した一五九五年版『エセー』が所蔵されている。わたしは現物を数度にわたって調査したが、『エセー』編者としての彼女の誠意は疑うべくもない。

こうして彼女は、『エセー』という人類の遺産の管理人の役割を積極的に担っていく。『エセー』はその後も、欄外の小見出し、巻末の索引といった新機軸を加えることによって、次々と「特認」(出版独占権)を更新していくのだが、そこには真正なテクストを守りたいという、グルネー嬢の意志も読み取れる。そして彼女は一六三三年、「間違いが多い刊本が出ないように、永久特認を賜りたい」とまで国王ルイ一三世に願い出る。ただし結果は、六年間の出版独占権にとどまった。その二年後、パリの有力書籍商ジャン・カミュザに権利を譲渡した彼女は、一六四五年に他界する。まさに『エセー』と共に歩んだ一生であった。

なお、彼女が作家となって、『モンテーニュ氏の散歩』(一五九四年)、『グルネー嬢の影』(一六二六年)などを上梓していることも忘れまい。後者に収められた「貴婦人たちの不満」や小論『男女平等』(一六二二年)によって、現在でいうならば「フェミニズム」の旗手ともいえる存在だった。また、彼女の蔵書を遺贈されたラ・モット・ル・ヴァイエ(1588–1672)は、「リベルタン(自由思想家)」として懐疑主義を推し進めていくけれど、モンテーニュ思想の間接的継承ともいえよう。二〇〇二年には、全二巻、二〇〇〇ページを超えるグルネー嬢の全集も刊行された。

## グレース・ノートン

『エセー』を原文で読むのに不可欠のツールが、『『エセー』語彙辞典』(一九三三年)である。「ボルドー市版」『エセー』の第五巻に収められていて、ほぼ七〇〇ページ近い大冊だ。各項目では、語義の説明がなされてから、『エセー』から実際の用例が引かれ、それ以外の該当個所も網羅的に記されるという、大変に便利な語彙集である。これを作成したのは、偉大なモンテーニュ学者のピエール・ヴィレーなのだが、その原型を提供したのが、アメリカ人女性のグレース・ノートン(1834–1926)であった。「ボルドー市版」『エセー』第五巻の扉にも「ミス・グレース・ノートンMiss Grace Norton の協力によって」と小さく印刷されている。

グレース・ノートンは、マサチューセッツ州ケンブリッジに生まれた。ノートン家は地元ハーヴァード大学の教授や理事を輩出している名門で、グレースはきわめて知的な環境のなかで育った。ハーヴァードは男子校であったし、名門女子大ラドクリフ・カレッジ(現在はハーヴァードに吸収されている)の創立も一八七九年であるから、グレースは大学で学ぶ機会はなかったが、兄チャールズとヨーロッパ旅行をしたことをきっかけに、フランス文学にのめりこんでいく。

ちなみにチャールズ Charles Eliot Norton (1827-1908) は、ハーヴァードの美術史学の初代教授であるのみならず、ダンテ『神曲』などの翻訳者としても名高い。イタリア・ルネサンス美術史の大家バーナード・ベレンソンも彼の教え子だ。もっとも、両者はあまり馬が合わなかったらしいのだが。このチャールズの功績を記念するのが、ハーヴァード大学「ノートン詩学講義」なのである。エリオット、ストラヴィンスキー、パノフスキー、ベン・シャーン、ボルヘス、レナード・バーンスタイン、ジョン・ケージ、ウンベルト・エーコら、超大物たちの講義は邦訳で読めるものも多い(エーコ『小説の森散策』岩波文庫、など。バーンスタインのはCDもある)。

さて、グレースに話を戻すとして、最初はフロベールを研究して、何冊かの著作を出した彼女は、五〇歳を過ぎてから『エセー』に熱中する。『エセー』を座右の書として、研究書も次々と上梓している。やがて二〇世紀に入ると、ヴィレーとの文通を開始して、ヴィレーは彼女の著書を書評するし、グレースもヴィレーの画期的な博士論文『モンテーニュ『エセー』の源泉と進化』(一九〇八年)の書評を書いている。

この女性の『エセー』にかける情熱はすさまじかった。古稀も過ぎてから、『エセー』語彙辞典の作成という大仕事に着手、一〇年近くかけてこれを完成させると(出版物ではなくタイプ原稿)、ヴィレーに謹呈する。その後の経緯については、「ボルドー市版」『エセー』第五巻の、ヴィレーの「序文」にまさる資料はないから、主要な部分を紹介する。

「一九一三年のある日、アメリカからわたし宛に小包が届いて、港〔ノルマンディのカーンであろう〕で引き取り未了になっているとの知らせを受けた。……大西洋の向こう側からわたしが受けとったのは、モンテーニュの語彙辞典であり、フォリオ判で三冊、上手にタイプされ、きれいに製本されていた。

この語彙辞典は、八〇歳代の〔正確には八〇歳代手前か〕女性の著作だった。わたしはモンテーニュ愛好者たちに、このミス・グレース・ノートンのことをしばしば話したものだ。『エセー』が書かれてから三世紀も経って、ガスコーニュ地方から六〇〇〇キロ以上も離れた地で、この外国人女性が『エセー』を崇拝していること自体、モンテーニュの思想の普遍性の驚くべき証拠ではないか。彼女は五〇歳近くになって、『エセー』を発見した。それからは、彼女がこの枕頭の書の何ページかを読まずに過ぎた日などなかった。そして七〇歳を超えてから、モンテーニュの思考にもっと親密に入りこんでいきたいという欲望がわいて、彼女はモンテーニュの言語の完璧な目録の作成に着手したのである。

彼女はもっぱら自分のために、この仕事をしたのだった。いささかも文献学者（言語学者）ではないし、〔日常生活では〕英語しか使ってこなかったから、彼女にはこれを印刷に付すなどという野心はなかった。そこで、わたしに、自分の仕事を検討して、訂正してほしいと頼んできたのである。それればかりか、もしもわたしが、これを新たな形にして出版することが役に立つと判断するならば、わたしが好きなように改訂したり、書き換えたりして一向にかまわないというのだった。そこで、わたしは二〇年間にわたって、講義の準備において、〔講義では〕わたしの学生たちがわたしといっしょになって、かくのごとき仕事道具が一六世紀研究者にどれほど役に立つものか、その真価をじっくりと味わったのだった。そして、彼女の死の数か月前、ミス・グレース・ノートンに、どうやら「ボルドー市版」『エセー』に語彙辞典を収めることができそうだと伝えることができて、わたしもうれしかった。それは彼女にとって大きな喜びだった。そのとき、彼女は九二歳になっていた。

われわれの友情は、モンテーニュの庇護を受けて結ばれた。われわれは一度も出会うことはなかったものの、もっぱらモンテーニュが独り占めしたところの、二〇年間にわたる手紙のやりとりのおかげで、われわれの友情は大きなものとなった。ミス・グレース・ノートンは、われわれの友情が、モンテーニュに捧げられたところのこの協力関係にまで続いていくことを強く望んでいた。

彼女の希望でもあったから、わたしは受けとった三巻の語彙辞典に徹底的に斧鉞を加えた。そして、いざ公刊の段となって、わたしはもう一度、すべてを検討し直さなければいけないことに気づいた。けれども、可能な際には、その都度、ミス・ノートンが選んだ文例をそのまま残しておいた。この作業における彼女の役割を知りたいならば、ハーヴァード大学図書館に彼女が寄託した、一九一三年の語彙辞典の写しを参照することができるはずである。……」(一九三三年一月二〇日)。

碩学ヴィレーは、彼女の偉業にどのぐらい「斧鉞を加えた」のであろうか？　ハーヴァード大学図書館に、グレースが寄贈した語彙辞典が何部か収蔵されていることを、わたしも確認した。これを調査すれば、彼女の貢献度が判明するはずだが、それはかなり大きなものであったに相違ない。

# 第３章　旅と経験

## 「確かな線はいっさい引かないのが，わたしの流儀」

モンテーニュも訪れたトスカーナ地方の温泉地，バーニョ・ヴィニョーニ．この大浴場は，現在は入浴禁止

## 3-1 どこか遠くへ行きたい

わたしはいつも、旅行する理由を人に聞かれると、「なにを避けているのかはよく分かっているのですが、なにを求めているのか、自分でもよく分からないのですよ」と答えることにしている。

(3・9「空しさについて」)

モンテーニュと旅というテーマで、最初に思い浮かぶのが、このことばである。「避けているのか」は「逃げているのか」とも訳せる。とにかく、彼は日々の現実から逃れたいのだ。どこか遠くに行きたいのである。

永六輔《えいろくすけ》作詞・中村八大《なかむらはちだい》作曲の『遠くへ行きたい』という名曲がある。「知らない街を歩いてみたい。どこか遠くへ行きたい。……遠い街遠い海。夢はるか一人旅」という歌を聴いていると、今でもジーンと来る。若い頃は、とにかく、どこか遠いところに行きたくて仕方なかった。実際、ヨーロッパであてどなくヒッチハイクをして、雪のアペニン山脈の峠で神父さんのオートバイに乗せてもらった経験もなくはない。たいした冒険ではなかったかもしれないけれど、あの頃は、たいていの人間が「遠くへ行きたい」と漠然と思っていたはずだ。だから、モンテーニュのこのことばを読んだときは、昔の人でも似たようなことを考えていたのだなと、新鮮な驚きを感じたものだ。

「遠くへ行きたい」で、モンテーニュと並んでもう一人、思い出すルネサンス人がいる。アウクスブルクのフッガー家で会計責任者となるマテーウス・シュヴァルツ（1497–1574）その人で、彼は自分の肖像画を定期的に描かせて、それに自分のコメントを添えたユニークな記録、通称『服飾自伝』を残してくれた。学校に通わされるのがいやになったマテーウス少年は、「一五一〇年の終わり、わたしは肩かけカバンを投げ捨てた。遠い国のことばかり夢見ていた」と書いているのだ。やがて彼は、会計学の本場ヴェネツィアに留学するのだった。

人間は年齢を重ねるとともに、世間のしがらみもあって、腰を落ち着けるようになってしまう。けれども、「なんだか落ち着かない夜を過ごしてから、朝になって、今日はまたどこかの町を、見知らぬ地方を見なくてはと思い出して、わたしは希望と喜びにあふれて起きるのだ」（『旅日記』北イタリア、ロヴェレートにて）と、旅の本質にふれることばを見出すと、こっちの重い腰も少しばかり軽くなる。このとき、モンテーニュは三七歳だから熟年なのだが、若々しい感覚を失ってはいる。

では、彼はなにから逃げようとしているのか？　自分が旅をする理由について、こう分析している。

どの人間にもかなり共通する性質として、次のようなことがあると思う。それは、自分のことよりも、他人のことを喜び、移動や変化を好むということだ。……わたしにも、そうした気質を受け継いでいるところがある。……ところで、この新しいものや未知のものを渇望するという気質は、わたしに旅への欲望をはぐくむことを大いに後押ししているのだが、これには別のいくつかの事情も一役買っている。わたしは家政のことから、すぐに離れたくなる。……家政にはどうしても、あれこれの気苦労がつきものだ。……《点滴も、岩をうがつのである》（ルクレティウス『事物の本性について』）。こうした日々のしずくが、わたしを苛み、深く傷つける。日々の面倒とは決して軽微なものではない。それらはずっと続き、埋め合わせようがない。とりわけ、家政という、途切れなく続いて、切り離しがたい仕事のあちこちから生じる厄介ごとは、なおさらだ。

（3・9「空しさについて」）

まず第一に、旅の前提として、人間は移動や変化を好むという認識がある。このことが新しいもの、未知のものへの渇望につながり、これが人間をして旅へと駆り立てるという分析は説得力がある。先にも引いた歴史家リュシアン・フェーヴルがいうように、「十六世紀の人間は、吹き

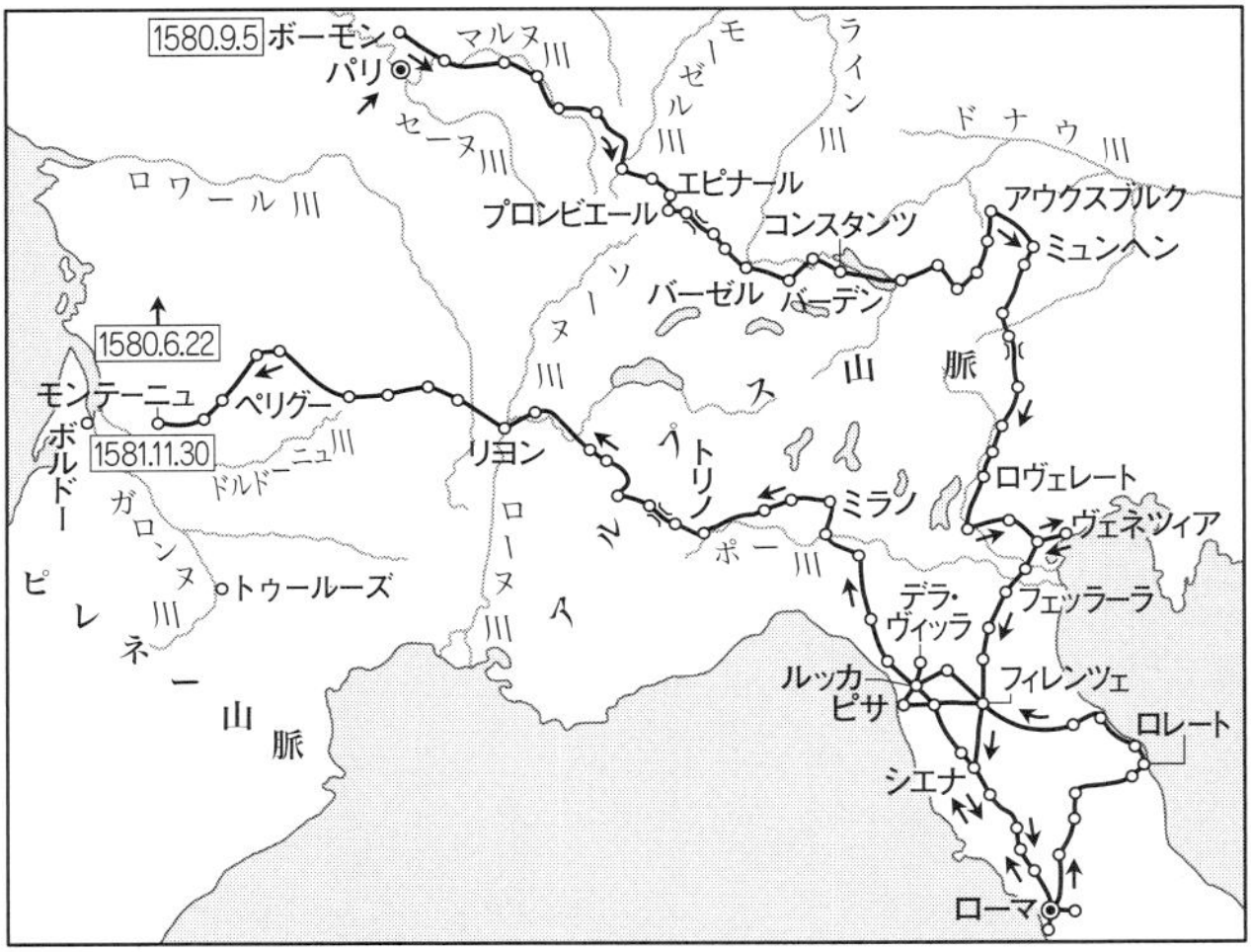


モンテーニュの旅の行程(1580–1581 年．モンテーニュ『旅日記』所収の地図をもとに作成．作図：前田茂実)

っさらしにされて」いて、宮廷、軍隊、職人、学生など、「この時代、誰もが旅をしている」(『フランス・ルネサンスの文明』)という側面が強かったのだ。けれども、問題の旅について、その理由を語ってくれた人はあまりいないから、なおさらモンテーニュの発言は貴重である。

さて、モンテーニュが旅に出る二番目の理由とは、家政のわずらわしさから逃れたいということだ。彼によれば、家政とは別にむずかしくないとはいえ、「面倒な仕事」なのであった。当主として采配をふるい、資産を管理せよといっても、そもそも穀物の区別もろくにできないし、計算も苦手だと告白する彼にとって、それはたしかにしんどい仕事なのであった。

ゆったりとくつろいで生きることが第一だと考える、この小領主さまにとって、わずらわしさとは、なによりも避けるべきものであった。したがって、鋭い眼力などはむしろ災いのもとであって、使用人の些細なネコババなども見て見ぬふりをするのが賢明、「小事は大事、より身にしみる」のですからと、家政に対する心構えを説いたのである。

さて、旅の理由はもうひとつある。それを聞こう。

わたしをこうした旅へと誘う、もうひとつの理由は、わが国の現在の動静がどうもわたしには合わないということだ。こうした乱れも、国益のためとあらば、簡単にあきらめがつくのかもしれない。《鉄の時代よりも、なおひどい時代。自然も、その罪悪をどう名づけるのか、いかなる金属にたとえるべきか、わからない時代なのである》(ユウェナリス『風刺詩集』)。けれども、わたし自身の利益からすると、あきらめられない。個人的には、そのためにひどく苦しめられているのだ。……結局のところ、わたしはわが国の実例から、人間の社会というのは、いかなる代償を支払っても、縫い合わされて、くっつくものなのだと知った。

(3・9「空しさについて」)

一六世紀後半のフランスは宗教戦争という内乱の時代である。省略した部分でも、モンテーニュは「たがの外れたような国家形態」なのに、それが「存続できているのが不思議なくらいだ」と述べている。もっとも彼の判断によれば、人間の社会なるものは、いかに変質し、荒廃したとしても、いつのまにか傷口も修復されて続いていくものなのだ。

こうした観点から、持続してきた政治体制をまがりなりにも認めようという、モンテーニュの保守主義へと話題が移っていくわけだが、これはまた別の話であって、とにもかくにも、モンテーニュは、以上の三つの理由から長い旅に出たくなってしまい、これを実行したのである。どこか遠くへ行きたいという彼の気持ちは、次のことばにも如実に表れている。

「わたしが旅をするのは、無事に帰ってくるためでも、旅をやりとげるためでもない。移動することが楽しいあいだは、移動してやろうと思っているだけだし、歩きまわるために、歩きまわるということなのだから」(3・9)。

## 3-2 旅することの快楽

わたしにはよくわかっている――旅の喜びというのは、それを端的にいうならば、まさに自分が、落ち着かず、定まらない状況の証人になれることにあるのだと。もっともそれは、われわれ人間を支配するところの、主たる特質なのでもある。そう、そうなのである。だからわたしは、正直にいっておきたい――わたしの場合、夢や希望のなかにさえ、自分がつかまっていられるようなものはなにひとつ見つからないのだと。わたしを満足させてくれるものといえば、変化に富むことと、多様性を楽しむことぐらいである。旅をしていても、「自分はどこで中止しても、いっこうに差しつかえない。その場所から引き返したって、なんの問題もないのだから」という安心感がいつもある。（3・9「空しさについて」）

「落ち着かず、定まらない状況の証人」になれることが旅の喜びだと断言するところが、いかにもモンテーニュらしい。これは、例の「世界は、永遠のブランコにほかならない。……だから、わたしにはどうしても、対象をしっかり固定できない。……わたしとしては、自分が対象とかかわる瞬間に、ありのままの姿をとらえるしかない」（3・2「後悔について」）という、『エセー』を書くスタイルと、つまり彷徨のエクリチュールと軌を一にしている。

定めもなく、あちらこちらを歩きまわることが、彼の理想の旅であった。「わたしの旅の計画は、どこでも分割可能なものであって、大望に基づいているわけではない。つまり、その日一日の旅が、旅の終わりなのだ。そして、わたしの人生の旅も、同じようにして進められてきたといえる」（3・9）。

この文章を読むと、モンテーニュの旅が、ますます彷徨に近いものに思えてくる。それは特別な目的地があるわけでもなくて、行ったり来たりする旅であった。だから彼は、「なにか見残したものがあれば、もちろん、わたしはそこに引き返す。これがいつものわが道中にほかならない。直線であれ、曲線であれ、確かな線はいっさい引かないのが、わたしの流儀なのだ」(3・9)とも述べている。

あらかじめ目的地を決めて、ひたすら最短距離を行くという方法は、モンテーニュとは無縁なのである。成り行きにまかせて進んで、必要とあらば引き返すという旅のスタイル。「わたしの人生の旅も」といっているように、モンテーニュは自由な、往還のある旅を、自分の人生行路と重ね合わせて語っている。

要するにこういうことだ。人生にしても、旅にしても、その日、その日が終わりなのであって、別にどこで終わってもかまわないと、ある意味で達観しているのである。これはホラティウスの「この日をつかめ Carpe diem」(『カルミナ』)の変奏ともいえるから、同時代に似たような発想をしていた人間だっていたにちがいない。でも、それをはっきりとことばとして残してくれたのは彼ぐらいしかいない。

彼はまた、自分でもいっているけれど「融通がきく」体質であったから、異文化を受け入れることにも抵抗がない。「各国の流儀の相違も、その多様性ゆえに、このわたしを喜ばせてくれる。それぞれの習慣には、しかるべき理由が存在するのだから」といってから、「わがフランス人たちが、自分たちとは相反する習慣に対して警戒心を抱くという気質を自負している姿を見ると、恥ずかしくなる。彼らは村から一歩出るだけで、身の置きどころがなくなるのだ」と、フランス人の「島国根性」を批判する。「どこに行っても、自分たちの習慣にこだわって、異国の習慣を忌みきらう。……それらはフランス式ではないのだから、野蛮に決まっているというわけだ」と、その舌鋒は鋭い(3・9)。

もっとも、こうした閉鎖性は、多かれ少なかれどの国の人間にもあてはまる。そこでモンテーニュも、異なる文化・習慣に対して悪口をいえるぐらいならば、まだましであって、最悪なのは、自分の殻に閉じこもったまま旅をして帰ってくる連中なのだという。そうした「ぴったりと身を包んで」旅をする連中には、次のことばが用意されている。

野心、強欲、優柔不断、恐怖、色欲といったものは、場所を変えたからといって、われわれから離れていってはくれず、《騎士のうしろには、暗い不安が乗っている》(ホラティウス『カルミナ』)。……だれかがソクラテスに、「あの人は旅をしてきたくせに、全然よくなっていないのです」というと、「それはそうですよ。だって、自分をいっしょに運んでいったのですからね」と返事が返ってきたという。（1・38/39「孤独について」）

自分に甲羅をかぶせて、ガードしたまま旅をして帰ってきても、あまり進歩はない。自由な心で、あちこちをさまよってこそ、その人の糧《かて》となるということであろう。ちなみに、右のソクラテスの名言はプラトンには見られず、セネカ『倫理書簡集』一〇四から引かれている。

## 3-3 死の隠喩としての旅

どこに行っても、そこを立ち去る時には最後の別れをつげる。そして、毎日、自分の持っているものを処分していくのだ。《もうずっと前から、わたしには損も得もない。これから先の道のりに十分な路銀があるのだから》(セネカ『倫理書簡集』)。　(2・28「なにごとにも季節がある」)

モンテーニュと旅ということで、最近しばしば思い浮かべる一節である。モンテーニュは享年五九であった。わたしは、すでに彼よりも一〇年以上長く生きている。とはいいながら、身体のあちこちにがたが来ていることは、日々痛感しているし、病院にも通っている。少しずつではあっても、死が近づいていることを実感せざるをえない。そんなこともあって、「別れ」「処分」「路銀」といったことばに敏感になっているにちがいない。

モンテーニュは、いつ訪れるかわからない死を内包しながら生きるところの、人間の生なるものを、毎日が人生という旅の終わりだと納得して生きる、定めのない旅だとして思い描く。そもそも、「死というものは、いたるところで、われわれの生と混じりあっている」(3・13「経験について」）というのが、モンテーニュの根本的な認識なのであった。

生まれたときから、人は死に向かっての旅路を歩むしかない。でも、それが陰鬱な旅なのかといえば、そんなことはまったくない。モンテーニュの場合は、ペシミズムやニヒリズムではなく、むしろあっけらかんとしているのが大きな魅力だ。「われわれは死ぬことを心配するせいで、生きることを乱しているし、生きることを心配するせいで、死ぬことを乱している」（3・12「容貌について」）ということばを、もう一度引いておこう。

《もうずっと前から、わたしには損も得もない。これから先の道のりに十分な路銀があるのだから》は、セネカ『倫理書簡集』七七の引用である。隠遁していたセネカのところに、郵便船が到着したという。早くもローマ時代に、こうした郵便システムが存在したことに驚かされる。それはさておき、みんなが港に駆けつける。だがセネカは、悠然としている。ローマから届いた自分の資産の報告など、もはやどうでもいい、損得勘定など気にしないという心境なのだ。「この先の旅路に十分な路銀が残っているだろう。なによりも、われわれは最後まで行かなくてもいい旅路に身を投じているのだから」（拙訳）というのだ。

「最後まで行かなくてもいい旅路」とは人生のことで、人生はりっぱであるならば、どこで終わっても未完ということはないと、その後でセネカは書いていて、先に引いた「その日一日の旅が、旅の終わりなのだ」（3・9「空しさについて」）という一節も、モンテーニュは、このあたりからヒントを得ているような気がする。
同じ章(3・9)の少し後には、「運命がわが人生を、今後は、身内や仲間に必要もなければ、じゃまでもない場所に置いてくれたおかげで、わが人生の取引を容易なものにしてくれた。こうした状態を、たぶんわたしは人生のいつの季節であっても、受け入れたとは思っている」とある。これは最晩年の加筆だけれど、たぶん、自分の人生は完全に旅の状態に入った、いつお迎えが来てもいい状況だという意味あいであろう。現にその直後に、「こうして、わが所持品をまとめて、死出の旅路の準備をしている状況にあって」と補足しているのだから。

で、話を戻すとして、セネカを受けるかたちで、死出の旅路に十分な「路銀」があるから、心配無用という気の持ちようを披瀝している。路銀とくれば、「千里に旅立ちて、路粮《みちかて》をつつまず」という、松尾芭蕉『野ざらし紀行』の冒頭が思い浮かぶ。「路粮」(道中の食糧)も、煎じつめれば路銀と同じなのであって、「野ざらし」、つまりは客死のことを語っている。
そしてモンテーニュもまた、客死をいとわなかったのだ。異郷に客死するというが、そんなことを危惧していたら外国はおろか、教区の外にすら出られないじゃないかといって、彼はこう述べている。

わたしだって、死というものに、絶えずのど元や腰を突き刺されているような気がしている。しかしながら、わたしという人間は出来が変わっているのか、どこで死んだって、わたしにとって死は同じことなのだ。とはいうものの、どこか死に場所を選べというならば、ベッドの上よりも馬上がいいし、家の外で、家族の者たちからは離れたところがいい。死に行く身として、友人たちに別れを告げるのは、心の慰めというよりも、胸の張り裂ける思いではないか。……死の床に、友人たちにいてもらうことは、なにがしかのメリットはあるかもしれないけれど、煩わしさのほうがはるかに大きい。(3・9「空しさについて」)

乗馬がなによりも好きで、「八時間から一〇時間は疲れることもなく」(3・9)乗っていられる彼のことだから、どうせ死ぬなら馬上で、というのもよくわかる。もっとも実際には、『エセー』を補綴する日々の果てに、城館でみまかったのではあるが。

## 3-4 旅は人間を知るための最高の学校

旅をすることは、わたしからすると、有益な訓練・実践に思われる。精神は、旅をしながら、未知のものや、新奇なものに注目することによって、絶えざる実習をすることになるのだ。これまでにも、しばしば述べてきたが、人生なるものを教えこむには、たえず本人に、色々な人生や、考え方や、習慣の多様性を示してやって、われわれ人間の性質が、果てしなく多彩な形態を有するものだということを、じっくりと味わわせるのが、わたしの知るかぎりでの最高の学校だと思っている。（3・9「空しさについて」）

「訓練・実践」と訳したのはexercice、英語のエクササイズである。旅こそが有効なエクササイズだと述べている。それは未知のもの、新しいもの、多様な事物との出会いを可能にする優れた「学校」だという理屈は、だれにでもわかりやすい。

モンテーニュにおける世界の「多様性」という認識は、人間存在の多様性という認識と表裏一体だ。「どんなできごとも、どんなかたちも、どれひとつとして完全に似たものがないように、完全に異なるものだってひとつもない。自然による混合のわざとは、なんと巧妙なものであろう」（3・13「経験について」）。大いなる自然がミキシングという技を駆使して、似て非なるものを創り上げている。だからこそ、「人間はだれでも、人間としての存在の完全なかたちを備えているのである」（3・2「後悔について」）。

そして同じ人間だって、「今のわたしと、少し前のわたしは、たしかに二つの存在」であって、人間とは「千鳥足で、ふらついた」動きを呈するものなのだ。こう述べてから、「風に吹かれるまま、あてどもなくそよぐ葦のような動き」と書いたこの「空しさについて」中の個所が、たぶん、パスカルに「人間は考える葦」という名文句を思いつかせたにちがいない。

モンテーニュは、子供の教育という文脈で、「この大きな世界は……、鏡でありまして、われわれは、自分を正しく知るために、この鏡に自分を映して見る必要があるのです。要するにわたしは、世界が、わが生徒さんの書物(教科書)となってほしいのであります」(1・25/26「子供たちの教育について」)とも語る。自然が「混合のわざ」を見せつけた世界は、当然のことながら区々としている、「ものごとの姿として、あまねくいえるのは、それらが変化と多様性に富んでいること」(3・13)なのである。そうした多様性(ダイバーシティ)に富んだ世界という大きな鏡に、自分の姿を映し出してみるという経験を重ねて、一個の自由な判断ができる人間として成長してほしいという、願望が見てとれる。

「わたしは別に、自分とは反対の思考法を憎んだりはしない。わが判断と、ひとさまの判断が食い違うからといって、逃げ腰になることも毛頭ありえない。わたしとは考え方や党派が異なるからといって、そうした人々の社会と自分が相容れないことになるはずもない。むしろ逆に、多様性というのは、自然が歩んできたもっともふつうのスタイルなのである」(2・37「子供が父親と似ることについて」)。

多様性に満ちている世界には、自分とは異なる存在として映る人間も住んでいる。そうした異なる存在の極端な例が新大陸の「野蛮人」であって、われわれは彼らを「不思議」に思う。

だがそれは、習慣がわれわれの判断力をくらませているのだといって、モンテーニュは注意を喚起する。

「野蛮人たちが、われわれにとって不思議だとしても、それはわれわれが、彼らにとって不思議なのと同様のことにすぎないのであって、たくさん理由があるわけではない。……人間の理性とは、われわれの考え方や風俗習慣が、いかなる形をしていようとも、それらのなかに、似たような比率で溶けこんでいる染料なのであって、それは原料も、種類も無限のものなのだ」(1・22/23「習慣について。容認されている法律を容易に変えないことについて」)。

旅することのメリットは、今も昔も同じであろう。それは多様性についてのエクササイズを通じて、自分たちとは異なる習慣や文化を認めて、受け入れることにほかならない。したがって、いみじくもソクラテスがいったように、そのままの自分をいっしょに運んでいって帰ってきたのでは、なんにもならないのだ。

「こうした次第ですから、人々との交際などは、非常に目的にかなっているのです。また外国を訪ねるのも、よろしいかと。……なによりも、そうした国民の気質や習慣をしっかりと見て、自分の脳みそを、そうした他者の脳みそと擦りあわせて、みがくためなのです」(1・25/26)。

自分の脳みそを他人の脳みそと擦りあわせる、という比喩がすばらしい。人生の旅人モンテーニュならではの名文句だと思う。こうしてわれわれの精神は、旅をしながら、「未知のものや、新奇なものに注目することによって、絶えざる実習をする」(3・9)のだ。世界にはさまざまな習慣があり、さまざまな生き方がある、そして、われわれ人間のありようも多様なものであることを、擦りあわせによって学ぶこと、これこそ「最高の学校」だと、彼は考えている。現在ならば、異文化コミュニケーションの実践ということになろうか。だから彼は、内向き思考の人々には、辛辣なのである。

ただし彼は、「同じ判断力を持つはずの人が、一五年とか二〇年のあいだに、信じがたいほどの移り気と軽薄さでもって、……まったく矛盾した意見を受けいれる」(1・49「昔の習慣について」)のも仕方がないと、時間によって人間の判断が変化することも認めている。「あの人はぶれない」というのが、世間における一般的なほめことばであろう。しかしながらモンテーニュは、人間だもの、ぶれたりしますよといってくれるから、ほっとする。

モンテーニュ自身もぶれる。子供の教育に関して、「外国を訪ねるのも、よろしいかと。……自分の脳みそを、そうした他者の脳みそと擦りあわせる」ためにと述べているのは、「可愛い子には旅をさせよ」ということだ。ところが彼は、あなたはもう老人なのだから旅行なんてやめなさいよといわれると、こう反発する。

「自然が与えてくれた楽しみは、老いとともに、だんだんとなくなっていくのだから、人為的な楽しみで、自分を支えていこうではないか。……年老いた現在では、鬱々とした情熱を、気分転換によって解放してやっているのだから。プラトンの『法律』でも、学ぶところの多い、有益なものとするために、長い旅を四〇歳とか五〇歳になるまでは禁じている」(3・9)。

長旅は年の功を積むまで待ちなさいというならば、可愛い子には旅をさせられないではないか。もっとも、これは、「あなたの年齢ですと、長旅からはとても無事には帰れないのでは」と周囲からいわれて向きになり、プラトンという権威に頼ってみたのであろう。実際、その直後に、「もっとも、わたしは、この『法律』のもうひとつの条項であるところの、六〇歳以降の旅行禁止のほうにもっと賛成したい」と付け加えているのだから。これが、「結婚もしているし、年だってとっているのに、……相も変わらず旅という実習が好き」(3・9)な人間の思いなのである。

コラム3

# 温泉評論家モンテーニュ

モンテーニュには腎臓結石という持病があり、どうやら「結石という体質を父親から受け継いでいるらしい」。発病したのは四五歳の頃で、病気が「これほど長期間どうやって隠れていた」のか、また兄弟姉妹のなかで、なぜ自分だけがこの病気にかかったのか、彼は不思議に思った。とはいえ、この病気になってしまったのだから仕方がない、「旅行の機会に、キリスト教国の有名な温泉はほとんど回ってみた」という。そして、彼は自分の湯治体験を通して、「温泉の用い方、ルール、方式」に関する、「各国で独自の考え方」を観察するのである(2・37「子供が父親と似ることについて」。以下同)。こうして温泉愛好家モンテーニュが誕生する。

モンテーニュはそもそも、「入浴が健康にいい」と考えている人間である。「毎日身体を洗うという」良き習慣が、フランスで失われたせいで、「健康に少なからぬ不調をもたらしている」と考える人間である。「われわれの皮膚を垢でかさかさにして、毛穴をふさいでおくのが身体に悪くないなどということは、とても考えられない」と、きわめて健全な思考をおこなう人間なのである。したがって、風呂好きな日本人には、とても親しみがもてる。

そのモンテーニュが、「土地が魅力的で、宿屋も、食事も、客筋も十分満足できる」として『エセー』に明記した温泉が四か所ある。フランスではピレネー山麓のバニェール温泉と東部ロレーヌ地方のプロンビエール温泉、スイスではバーデン温泉(チューリヒの北西、ローマ時代から有名)、イタリアではトスカーナ地方はルッカの温泉群のうち、とりわけデラ・ヴィッラ温泉がそれだ。彼はイタリア旅行の際、このデラ・ヴィッラ温泉には二度にわたって合計七二日間も滞在して、湯治をおこなっている。これ以外にも、ローマ滞在時には蒸し風呂も試して、マッサージも受けたらしく、脱毛剤のことまで書いているのがおもしろい。なにしろ好奇心旺盛な御仁なのだ。ここでは、『旅日記』から、彼の湯治記録を拾い読みしてみよう。

まずは、現在も湯治とカジノで賑わうプロンビエール温泉から。「エピナール版画」と呼ばれる、色刷りの民衆版画があって、現在でもパリのセーヌ河岸の古本屋でよく見かける。この民衆版画の生産地エピナールの南方二五キロほどのところにプロンビエール温泉がある(現在の地名はプロンビエール＝レ＝バン)。ローマ時代からの由緒ある湯治場で、ヴォルテールやナポレオンも逗留した。また一八五八年七月、ナポレオン三世とサルデーニャ王国の首相カブールが秘かに会談し、対オーストリア同盟の「プロンビエールの密約」を結んだ場所としても知られる。温泉は消化器官、リューマチに効能ありとされる。一五八〇年九月、モンテーニュ一行は、「二つの浴場に面していて、最高の」温泉宿、「天使旅館」に宿泊する。なお、『旅日記』のこの個所は、同行した秘書による口述筆記となっている。

「浴場はいくつもあるが、メインの大浴場は、古い造りで楕円形をしている。縦が三五ピエ(ピエは英語フィートに相当)、横が一五ピエ。底からは、何か所も温泉が湧き出ているが、上から冷水を流せるようにしてあるから、自分で好きなように湯加減を調節できる。……浴場の周りには、まるで劇場のように、三、四段の石段がめぐらせてあって、入浴する者が座ったり、寄っかかったりできる」。

男は股引をはいて、女は少し厚めの下着を着て入浴するスタイルであったらしい。

「一日に二、三度、入浴するだけというのが、地元の習慣だ。浴場で食事する人もいるが、ふつうは、皮膚に浅く傷を付けて、そこに吸い玉を当てて入っているし、下剤をかけてから入浴するのが一般的だ。温泉を飲む場合も、入浴中に二、三度がせいぜいだ。だから、モンテーニュ殿の方法は不思議がられた。殿は、前も

16世紀の版画に描かれたプロンビエール温泉

って薬剤〔下剤のことであろう〕を用いることなく、毎朝七時に、コップに九杯もお飲みになる。水差し一杯分にもなる。そして昼の食事をなさる。入浴は一日おきで、午後四時頃に入浴なさり、一時間ほど入っている。そして、その日の夕食はたいてい抜かれるのである。

　われわれはこの温泉で、潰瘍が治った人とか、身体の赤いぶつぶつが治った人たちを見た。湯治の期間は、最低一か月というのが通例となっている。春シーズンの五月に部屋を借りる湯治客が、非常に多い。八月が過ぎると、気候が寒くなるため、湯治客はめっきり減る。……

　われわれは当地に、九月一八日から〔「一六日から」が正しい〕二七日まで滞在した。モンテーニュ殿は、ここの温泉を一一日間、朝にお飲みになった。八日間は九杯、三日間は七杯飲まれた。入浴は五回なさった。温泉は飲みやすいとのこと、いつも昼食の前には排出されたが、利尿効果以外の効能は認められなかった（中略）最初の二日間で、膀胱のなかにあった小さな石二個を排出、その後は、時々砂が出た。……殿は、自分の感じからすると、この温泉の効能と性質は、温泉があるバニェールの高地源泉とものすごく似ていると判断された」。

　途中を省略したが、具体的かつ詳細に療法や症状を記述していて、とても貴重な資料だと思われる。プロンビエール温泉については、同時代の図版も残っている（図版）。温泉の周りにずらっと湯治宿が並び、看板が見える。左の手前は「熊屋旅館」か。モンテーニュはローマなどでも、この名前の旅籠に宿泊している。

その隣が「天使旅館」かもしれない。看板の図柄が、なにやら天使に見えるのだ。

もう一か所、彼がもっとも気に入り、二度にわたって長逗留したトスカーナのデラ・ヴィッラ温泉は、源泉が枯渇したのか、残念ながら二〇世紀半ばをもって閉鎖されたという。その意味でも、往時のデラ・ヴィッラ温泉の有様を伝えるモンテーニュの記述は貴重で、日々の入浴のことが詳しく記されていて興味深い。なお、彼は一度目の滞在の途中から、せっかく、純粋なトスカーナ語が話されている地域を旅しているのだからと、日記をイタリア語で綴っている。

一五八一年の夏、二度目に訪れたときの記録は、「デラ・ヴィッラ温泉、一五マイル〔原文はmiglia〕」と始まる。「一五マイル」というのは、前日まで宿泊していた都市ルッカからの旅程である。では『旅日記』を拾い読みしてみよう。

「わたしが当地の人々から受けた、歓迎と親切心は大変なもので、なんだか本当に自分の家に帰ったような気がした。前回と同じ部屋に泊まったが、一か月二〇スクード〔フランスの貨幣だと五〇リーヴル〕と、前と同じ条件だった。

八月一五日、火曜日。朝早くから温泉に行き、ほとんど一時間近くいた。お湯はむしろぬるく感じられ、少しも発汗しなかった。わたしは健康なばかりか、全身が元気はつらつともいえる状態で、この温泉に着いた。入浴後、濁った尿が出た。そして夕刻に、険しい道をゆっくりと、かなり歩いたところ、尿はすっかり血の色となり、就寝時には、腎臓になにやら変調を覚えた。

一六日、入浴を続けた。一人で離れていたかったから、これまで行ったことのなかった女湯〔「丸天井で暗い、女性用の浴場」と、別の個所で書いている〕に行ってみた。湯が熱すぎた。というか、お湯が本当に熱いのかもしれないし、あるいは、前日の入浴のためにいまだに毛穴が開いていて、簡単に身体が温まったのかもしれない。それでも、ほぼ一時間は浸かり、ほどほどの汗をかいた。尿は正常で、砂も全然出なかった。昼食後、尿がまた濁って、赤くなり、日没時には血の色に染まった。……

一九日、少し遅い時間に温泉に行った。ルッカのとある婦人が、わたしより先にゆっくり湯に浸かりたいというので、譲ったのだ。それに、婦人たちが好きなように女湯を楽しめるというのは、理にかなったルールで、守られるべきなのだ。わたしはまた二時間入った。何日間も、頭の具合はとても良かったのだが、また少しばかり重くなった。尿は相変わらず濁っていたものの、濁り方はさまざまで、砂がたくさん出た。なにやら腎臓に動きが感じられた。わたしの判断が正しければ、この温泉には、こうした特別な効能があるのだ。つまり、体内の通路や尿道を開き、広げるのみならず、物質を押し動かし、散らして、消し去るのである。わたしは砂を排出したが、それはまさしく細かく粉砕された石のかけらに見えた。……

二八日、月曜日。明け方、ベルナボの源泉に湯を飲みに行った。一リーヴルを一二オンスで換算すれば、七リーヴル四オンスほど〔四リットル近い〕飲んだ。排便が一度あった。また、昼食前に、飲んだ湯の半分足らずを尿として出した。〔湯を飲むと〕のぼせてきて、頭が重くなるのをはっきりと感じた」。

こうしてモンテーニュは、自分の判断をまじえながら、湯治の記録を毎日、丹念に書き記すのだが、そんなある日(九月七日)、ボルドー市長に選ばれたから受諾してほしいとの手紙が届いたのであった。


最後にもう一か所、わたしが訪れた温泉を紹介したい。それはトスカーナ州の世界文化遺産「オルチャ渓谷」にあるバーニョ・ヴィニョーニで、ここもリューマチや関節炎に効果ありとして、古代ローマ時代から名をはせた温泉だ(第3章扉)。トスカーナの美しい風景のなかに溶け込んだこの場所は、実は、アンドレイ・タルコフスキー監督の名画《ノスタルジア》(一九八三年)の舞台として、知る人ぞ知る存在でもある。撮影時にどうであったのかは不明だが、現在では、宿に囲まれた中央の大浴場は、温泉は湧き出しているものの、入浴不可となっていた。『旅日記』には、こうある。

「月曜日の朝早く、〔サン・クイリコ村から〕二マイルほど離れた温泉を見に行った。近くにある小さな村の名前から、ヴィニョーニ温泉と呼ばれている。この温泉は、少し高い丘の上にあって、その下をオルチャ川が流れている。ここには一二軒ばかりの小さな家がぐるりとあるけれど、あまり快適そうではないし、いやな感じだ。どう見ても、しみったれた印象だ。壁と階段に囲まれた大きな池があって、中央には、何か所からも温泉が湧き出ているのが見える。ただし、少しも硫黄の臭いはせず、湯煙も少ない。湯垢は赤っぽく、鉄分がなによりも多いように思われる。飲用には供せられない。この池は縦が六〇歩、横が三五歩〔歩（パッソ）は約七〇センチ〕である。周囲の少し離れた所に、四つ、五つ、屋根のある浴場があって、ふつうはそこで入浴する。この温泉はかなり著名である」。

この記述から推して、昔から中央の浴場にはあまり入らず、そこから湯を引いた小浴場がもっぱら使われていたような気もする。モンテーニュは見物しただけだし、あまり印象も良くなかったらしいが、現在はそのようなことはない。快適そうなホテルが何軒も並んでいた。

こうして各国の温泉を試したモンテーニュこそ、温泉評論家の先駆けといえそうだ。最後に、少しばかり長いけれど、彼の温泉観に耳を傾けよう。

「温泉を飲むことは、先ず第一に、幸いにも、わたしの口に合わないということは全然ない。第二に、温泉水は自然で、単純なものであるから、たとえむだだとしても、少なくとも危険はない。……もっともわたしは、尋常ではない、奇跡的な効果などは、いささかも認めることができなかった。……世間の人々は、自分がかくあれかしと願うことには、ころっと騙されてしまうものなのである。とはいっても、温泉で病気が悪化した人など、まず見たことがないし、温泉が食欲を目覚めさせ、消化作用を助け、身も心もリフレッシュしてくれることは、悪意でもないかぎり、否定できないはずだ。ただしこれは、あまり衰弱しないうちに温泉に行けばの話であって、そうでなければお勧めできはしない。温泉というのは、ぐしゃっとつぶれたものを立ち直らせるのには適していないけれど、軽く傾いたものを支えたり、なにがしかの悪化の兆しに備えることはできる。温泉に行くにも、そこで出会った仲間との付き合いを楽しんだり、温泉が湧く場所にはつきものの、美しい景観に誘われて、散歩とか運動を楽しめるだけの、元気な身と心を持ち合わせていないと、温泉の効能の最良にして、確実な部分を失うことは疑いないのである」(2・37)。

# 第４章　裁き，寛容，秩序

## 「わたしは，人間すべてを同胞だと考えている」

サン＝バルテルミーの虐殺（フランソワ・デュボワ作，
ローザンヌ美術館）

## 4-1　真実と虚偽は、顔も似ている

人間の理性なるものが、どれほど気ままでとりとめのない道具なのかと、あれこれ考えていたところだ。わたしの見るところ、人間というのは、なにかの事実が示されると、えてして真相を究明するよりも、その理由を探そうとするようである。……人間とは、なんとおかしな原因究明者であることか。……理性を勝手に走らせてみるがいい。空虚の上にも、充満の上にも、材料があろうとなかろうと、ちゃんと建築してみせるし、《煙にだって、重さを与えることができるのだ》(ペルシウス『風刺詩集』)。……真実と虚偽は、顔も似ているし、物腰も、好みも、歩き方もそっくりなので、われわれは両者を同じ目で眺めている。われわれは、欺瞞を拒むだけの根性がないばかりか、むしろ、自分から進んでそうした罠に飛びこんでいくような気がする。われわれという存在に見合ったものだからといって、空しいことに巻きこまれるのが好きなのだ。

(3・11「足の悪い人について」)

大変に鋭い観察だと思う。人間は理性を誇っているらしいが、それは真理の探究よりも、むしろ原因の追究に走りがちであって、勝手な理屈や理論を構築しては悦に入っている。理性も自己欺瞞に陥りがちなのだからして、われわれ人間は十二分に警戒する必要がある。というのも、真実と虚偽はそっくりなことも多くて、理性も経験も騙されかねないのだ、と。

これは章の最初で、自分の感じていることを語った個所だが、章末でも、「われわれ人間の思考力ほど、柔軟ではあるが、とりとめのないものもない」と、警鐘が鳴らされている。

この真実と虚偽の相似というテーマが、裁判に、とりわけ死刑という刑罰の問題につながっていくのである。この章を読み進めてみよう。

「わたしは若い頃に、トゥールーズ高等法院の判事コラスが、不思議な事件の裁判について活字にしたものを読んだことがある。それは二人の男が、おたがいに自分こそは本物で、相手は偽者だと主張した事件であった。ほかのことはもう忘れかけているのだが、判事のコラスは、有罪とした男のペテン師ぶりを、われわれのみならず、判事たる彼の知識・経験をもはるかに超えた、きわめて不可思議なものと見なしているように思われたために、わたしとしては、コラスがこの男を絞首刑とした判決を、これはずいぶん思い切った判決だなと思ったことは覚えている」。

一六世紀半ばのこと。父親との諍《いさか》いをきっかけに、農民マルタン・ゲールは妻子を残して、ピレネー山麓の寒村を出奔してしまう。やがて、彼の故郷では信じがたいことが起きる。アルノー・デュ・ティルなる男がマルタンになりすまして帰郷すると、ちゃっかり亭主の座におさまり、マルタンの妻に子供まで産ませてしまうのだ。不思議なことに、村人はもちろん、マルタンの妹たちまでもアルノーが本物だと信じて、にせ者を共同体に受け入れたのだった。

だが、にせマルタンが、自分の不在中の財産管理について伯父にクレームをつけたことから争いとなって、にせ者疑惑も強まり、ついにマルタンなる人物の真贋が裁判所の判断に委ねられる。詳細は、歴史家ナタリー・デーヴィスによる「ミクロストーリア」の傑作『帰ってきたマルタン・ゲール』に譲りたいが、ひとつだけ書いておきたい。この事件では、土壇場で本物のマルタンが帰ってくるのだけれど、なんと彼は戦闘で片脚を失っていたのだ。「足の悪い人について」という章で、マルタン・ゲール裁判を引き合いに出したとき、モンテーニュはマルタンの足のことを記憶にとどめていたのかもしれない。

さて、裁判を担当したジャン・ド・コラスは、この事件にショックを受けて、死刑執行の翌年の一五六一年には『忘れがたき判決』という浩瀚な著作を出す(フランス語版とラテン語版がある)。裁判の進行が、ローマ法も含めた法律的なコメントとともに記述されて、最終判決へと導いていくから、この本は司法関係者に歓迎されたに相違なく、版を重ねている。

モンテーニュも、ボルドー高等法院判事という同業者として本書を読んでいる。そして、裁判所が人知を超えた摩訶不思議な事件だと判断しているにもかかわらず、死刑判決を出したのは大胆ではないのかと疑義を差しはさむ。真と偽とは、本物のマルタンとにせ者のマルタンさながらに似かよっているというのだ。

別の章には、「理性なるものは、足が曲がっていようと、引きずろうと、脱臼していようと歩き続ける——真理といっしょでも、虚偽といっしょでも歩き続けるのである。そこで、その誤謬や変調を発見するのが困難となる」(2・12「レーモン・スボンの弁護」)という発言もある。これまた、理性の放縦さに対する戒めとして傾聴にあたいする。

## 4-2 拷問とは危険な発明

わたしはだれも憎んだりしない。というか、人を傷つけることに対して、まるで度胸がなくて、道理を守るためであっても、そうすることができないのだ。したがって、罪人に有罪判決を言い渡さなくてはいけない場合に、わたしはむしろ裁きを守らなかった。《わたしが処罰する勇気をふるわせるような罪は、犯してもらいたくはないのだ》(ティトゥス・リウィウス『ローマ建国史』)。ある人がアリストテレスを、悪人に対してあまりに慈悲深いではないかと、とがめたという。するとアリストテレスは、「いや、わたしはたしかにその人間には慈悲深かったが、悪事に対してはそうではなかった」と答えたそうだ。（3・12「容貌について」）

後半のアリストテレスの逸話は、ディオゲネス・ラエルティオス『ギリシア哲学者列伝』が伝えていて、「罪を憎んで人を憎まず」という格言のルーツかとも思う。それはさておき、モンテーニュが告白するところでは、とにかく彼は残酷さに弱くて、ニワトリの首が絞められるのを見ても苦しくなるし、狩猟が好きなくせに、野ウサギが犬に噛まれて呻いているのも耐えがたいのだという。引用の個所では、他人を憎めず、度胸がない自分のことを、少しばかり反省しているみたいだ。

でも、こうした発言は韜晦趣味の表れでもあり、その奥には苦しむ者に対する強い共感の念が横たわっている。別の章で「司法による刑の執行でさえ、たとえ、いくら理にかなったものであっても、わたしは正視していられない」（2・11「残酷さについて」）と書いているけれど、これは死刑の執行を意味しているのであろう。それにしても、「わたしはむしろ裁きを守らなかった」というのは、具体的にはどのようなことなのか、読むたびに気になるのだが、もちろんなにがあったのかはわからない。

ところで、先ほど紹介した「足の悪い人について」という章において、モンテーニュが「人間の理性」の働きを考察するにあたって問題としているのは、「魔女裁判」であり、「にせ亭主事件」の「不可思議さ」はその導入部として語られたものだ。ヤメ検ならぬヤメ判事のモンテーニュはどうやら、「裁判における判決というのは、独断的にして断定的な発話の極致」(2・12「レーモン・スボンの弁護」)と考えていたらしい。

魔女狩りという現象は、太古の昔から存在したのかもしれないが、ヨーロッパの場合、異端審問制度の確立が、社会的な不安と結びついた中世末から近世初頭にかけて、「魔女裁判」という形でさかんに行われた。一五世紀末には『魔女の槌』という魔女狩りの手引き書も出され、「魔女集会(サバト)」におもむき、悪魔と淫行するといった魔女のイメージも固まっていく。フランスでは、『国家論』で知られる法学者のジャン・ボダン(1530–1596)が、悪魔学者として『魔女の悪魔憑きについて』を著して、魔女裁判の進め方や拷問の使い方などを論じている。「魔女裁判」においては、拷問を加えて自白を引き出すことがまかりとおっていた。ボダンの魔女論も読んでいたモンテーニュは、『エセー』のなかで拷問という手法を繰り返し批判する。

拷問というのは、危険な発明であって、真実を試すというより、むしろ、忍耐を試すものであるかに思われる。これに耐えられる者は、真実を隠すわけだし、耐えられない者だって、同じことだ。なぜならば、苦痛は、本当のことをいわせるよりも、ありもしないことを無理やりいわせてしまうではないか。……正直なところ、きわめて不確実にして、危険な方法というしかない。こうしたすさまじい苦痛を逃れるためならば、人はなんでもいいかねないし、しかねないではないか。

(2・5「良心について」)

こう述べてから、彼は同じ章で、「その結果どうなるかといえば、裁判官は、白《しら》を切りとおしたままでは死なせまいとして拷問にかけた相手を、無実のままに、拷問で苦しめて殺してしまうことになる」と、裁く側を批判する。さらに、「あなたたちこそ不正ではないか。その証拠に、このようにして尋問されるぐらいならば、理不尽であっても死んだほうがましだと、被告は幾度思ったことか——なにしろ、拷問による尋問というのは、死刑の刑罰よりもむごいものであって、その苛酷さゆえに、刑罰に先立って、それが執行されてしまうこともよくあるのだから」と、裁判官たちに反省をうながしている。

もうひとつ加えておく。モンテーニュは残酷な処刑方法を念頭に置いて、「それが裁判によるものであっても、単なる死刑を越えたものは、いずれも、ただの残酷さにすぎない」(2・11)と書くのだ。序章でふれたように、『エセー』初版は、ローマ入市に際して押収され、教皇庁の検閲を受けるわけだが、返却時には、この個所の記述にも問題ありと指摘された。しかしながら、彼は再版時に書き換えるどころか、残酷な刑罰や拷問に対する批判はむしろいや増した。

この時代であるからして、死刑の廃止を主張したわけではないものの、彼は死刑に対する慎重派であった。その前提として、まずは裁きの不完全さを強調する。たとえば、人間は「まだら模様の存在」といってから、裁きにも同様のイメージをあてはめて、「正義に関する法律にしても、いくぶんかの不正義がまじらなければ、存続もかなわない」と述べると、《見せしめの罰は、いかにりっぱなものでも、当人たちには不公平だ。だが、それは公共の利益によって相殺されている》と、タキトゥスの『年代記』を引いてくる(2・20「われわれはなにも純粋には味わわない」)。

あるいはまた、「無実の人間が有罪となってしまった事例を、どれほどたくさん見てきたことか」といって、死刑判決が出た直後に冤罪が判明しても、執行が中止されず、司法手続きの犠牲者が出た実例が語られる(3・13「経験について」)。

したがって、死刑という刑罰に対しては、「人間を死刑にして殺すというからには、一点の曇りもない明証性が必要とされる。人間のいのちというのは、こうした超自然の異常ともいえるできごとの担保とするには、あまりに実在と実質がありすぎる」(3・11「足の悪い人について」)と、その適用のハードルを高くする。「通常の裁判では、その犯行に対する恐れから、報復の感情がつのるけれど、このことが逆に、わたしの判断を冷静なものとする。第一の殺人が恐ろしいから、わたしは第二の殺人〔「死刑判決」のことであろう〕がこわくなる。第一の残酷さをおぞましく思えば、それを模倣した残酷な行為は、わたしにはどれもおぞましさでしかない」(3・12)ということばは、拳々服膺《けんけんふくよう》すべきものと思われる。

モンテーニュが、裁きのシンボルである天秤の図柄に「わたしは動かない」(判断を控える)という銘を付したメダルを作成したことも想起しよう。判断不能な事例については、「確信よりも、懐疑にかたむく」(3・11)ことこそ、彼の信念なのだった。

## 4-3 寛容の精神、世界市民として

われわれは、その宗教が通用している国に、たまたま居合わせて、その歴史の古さやそれを守ってきた人々の権威を尊重しているにすぎないし、不信心者への脅迫を恐れたり、あるいは、その宗教が掲げる約束に従っているにすぎない。このような考慮は、われわれの信仰にもなされてしかるべきではあるものの、それは付帯的でなくてはいけない。それらは人間の関係ということにすぎないのだ。別の地域に生まれ、別の証拠を示されて、似たような約束と脅迫とを突きつけられたなら、同様の筋道をたどって、正反対の信仰を心に刻みこむかもしれない。われわれがキリスト教徒であるのは、われわれがペリゴール人とかドイツ人であるのと同じなのである。

(2・12「レーモン・スボンの弁護」)

モンテーニュが生きた一六世紀のヨーロッパは宗教改革の時代だった。そして世紀後半のフランスは宗教戦争という内乱の時代だった。キリスト教世界の内部で、カトリックとプロテスタントの両陣営が凄惨な闘いを繰りひろげたのだ。「三人のアンリの闘い」とも呼ばれる、フランス宗教戦争の最終局面では、まず「旧教同盟」のギーズ公アンリが暗殺され、次いで国王アンリ三世が暗殺された。そこでアンリ・ド・ナヴァールがアンリ四世として即位するが、やがて一六一〇年には、彼も暗殺されてしまう。

このような陰惨な時代を生きた、ペリゴール人のモンテーニュは、宗教における党派の差を相対的なものとして見ようとする。右の引用の「ペリゴール人」はカトリックを暗示し、「ドイツ人」はルター派を暗示するのだが、たまたま生まれた場所が異なれば、われわれは別の宗派を信じたかもしれないではないか。宗派の差異などは、その程度のものとして考えたらどうだろうかというのである。

彼にすれば、そのような「差異」は甘受すべきもの、あるいは認めるべきものなのである。「世間の人は、自分という存在にしたがって、他人に判断をくだすけれど、わたしはこうしたまちがいはしない。他人については、自分とは異なることがずいぶんあるんだなと思ってしまうのだ。自分が、ある型にがちっとはまっていると感じてはいても、だれもがそうするように、それを人々に押しつけることはなくて、異なる生き方がたくさん存在するのだと思って、そのように了解する。世間一般とは反対に、われわれのあいだの類似よりも、差異のほうをすんなり受け入れるのだ」(1・36/37「小カトーについて」)。

自分の「型」を他者に押しつける、あるいは自分の「型」から他者を判断して、排除に向かうこと。モンテーニュは、人間にありがちなそうした所作をしりぞけて、「差異」を受け入れる。ここで、「人間はだれでも、人間としての存在の完全なかたちを備えている」(3・2「後悔について」)というモンテーニュのことばを、第1章の冒頭で紹介したことを思い出してほしい。

各人が人間存在として十全なかたちを備えているということは、人間の条件について、その多様性を担保していることになる。人間はさまざまな文化や環境のもとに生を享け、実人生を生きていくが、そのだれもが人間としての十分条件を備えているということだ。ハンディキャップを負っている人も、逆に「文化資本」に恵まれた人もいる。人さまざまなのである。

そうした多様な「個」が、普遍的な人間存在を支えている。そうであるならば、そのような人間社会に寛容性があることは、当然の結果ということになるであろう。要するに、個の尊重が全体の尊重に、あるいは、モンテーニュ的にいうならば、「わたし」を重視することが、「あなた」を、つまり「他者」を尊重することと表裏一体となっているのである。

このような思考法は、モンテーニュなしでも、理性から導けるのかもしれないが、少なくともわたしは、『エセー』を読むことで、こうした認識を獲得することができたということはいえる。

とはいえ、「類似」にこだわって群れを作り、「壁」を作り、「差異」を排除するほうが、ある意味で楽なのかもしれない。差異のある人々や、彼らの生活習慣を受け入れて共生すべきだと、口でいうのは簡単だが、真に実行するのはむずかしい。でもモンテーニュは、自分とは異なる人々に「好意を抱いて」、「想像力で、すんなりと彼らの立場に入りこんでいく」。各人を、「彼自身という型に合わせて肉付け」してやるのだ。モンテーニュが願うのは、なによりも各人が「別々に判断される」ことなのだった(1・36/37)。

「クセジュ」というモンテーニュの懐疑主義を、超然たる態度や無関心として、あるいは唯我独尊や独立独歩といったイメージで理解するのはまちがっている。その懐疑的な思考は、習慣や法の行使においても適用されて、彼を、多様性を尊重する多文化主義へ、文化相対主義的な方向へと導いている。寛容の思想ともいえる。

古典古代の英知を通じて、人間存在や社会を、神の視点からではなく、人間の視点から見つめ直すというのが「ユマニスム(人文主義)」であった。ピコ・デッラ・ミランドラが『人間の尊厳について』(一四八六年)で、人間の可変性・可塑性・自由をカメレオンに喩えていたことを思い出す。そのユマニスムは、ラテン語という、当時の国際語・知識人言語を媒介としている。ユマニストとは、書籍を通して、古典古代の英知を旅するのみならず、「世界市民」たることを理想とする旅人でもあった。モンテーニュもその一人である。

人間の判断力とは、世間と交わることで、驚くべき明晰さを引き出せるものなのです。われわれはだれも、自分のなかに縮こまって、幾重にも積み重なっていて、せいぜい鼻先ぐらいまでの視野しか持ちあわせていません。ところがソクラテスは、どこの出身かと聞かれて、「アテナイだ」とは答えずに、「世界だ」と答えたのです。彼は、より充実した、広い想像力の持ち主でしたから、世界をわが町のように包みこんで考えて、自分の知己や、つきあいや、愛情を、人類全体にまで投企していたのです。自分の足元しか見ないわれわれとはちがうのです。

（1・25/26「子供たちの教育について」）

ユマニスムのキーワードは「汝自身を知れ」だから、あちこちにソクラテスが出てくる。モンテーニュも、「ソクラテスが語ったからではなく、本当に自分の気持ちであるから」といって、「わたしは、人間すべてを同胞だと考えている。そして、ポーランド人も、フランス人と同じように抱擁するのであり、人類に共通の普遍的な結びつきを優先して、国民としての結びつきはそれより後に置く」(3・9「空しさについて」)と明言している。

第2章でも紹介したように、このソクラテスのエピソードはプルタルコス『モラリア』などから拝借したわけだが、「同胞 compatriotes」は「同国人」と訳してもいい。ユマニスムとはコスモポリタニズムなのでもある。モンテーニュは「世界市民」を理想として、人々の共生を願っていたにちがいない。

どのような顔をしていても、わたしは変革《ヌーヴェルテ》がきらいなのだ。それも当然で、弊害をあれこれ見てきているのだ。……《ああ!　わたしは自分の矢でつくった傷に苦しんでいる》(オウィディウス『名高き女たちの手紙』)。……創始者がより有害だとすれば、模倣者たちは、そのおそろしさや悪を感じて、これを罰したにもかかわらず、そうした前例にみずから身を投じてしまったわけで、より悪辣なのである。たとえ悪をおこなう場合にも、なんらかの名誉の段階があるとすれば、後者は前者に対して、創意の栄光と、先覚者としての勇気とを譲り渡す必要があろう。

(1・22/23「習慣について。容認されている法律を容易に変えないことについて」)

# 4-4　「変革」をきらうモンテーニュ

モンテーニュは政治家でもあった。ボルドー市長を二期つとめたばかりか、宗教戦争のさまざまな局面で、王権とプロテスタントの領袖アンリ・ド・ナヴァールとの調停などに当たっていたことは、すでにふれた通りだ。

同じくボルドー市長をつとめた父親ピエールは、この地方の大物であったから、政治的ネットワークを持っていた。別に地盤を受け継いだわけではないものの、父親の威光もあり、長男のミシェルはあっという間に政治の前面に押し出されたという印象もある。あなたならば「さまざまな党派の領袖に近づくチャンスもあるから」、現実を「仔細に眺めて」、これを書けるのにと、人にも勧められている(1・20/21「想像力について」)。だが彼は、そのような著作は残さなかった。フィレンツェ共和政府の官僚をつとめ、プルタルコスの良き読者でもあって、『君主論』やルッカの傭兵隊長の伝記を書いたマキァヴェッリとは異なるのだ。

とはいえ、『エセー』の随所に、モンテーニュの政治的アンガジュマンの様相が見てとれる。引用に出てくる「変革 nouvelleté」は現代フランス語の nouveauté で――モンテーニュ自身もこちらの形を使うこともある――、政治・社会・宗教などの革新を意味したが、モンテーニュの時代には、「混乱」「弊害」のイメージがつきまとっていて、もっぱら悪いニュアンスで用いられた。したがって、「わが国の戦争が、その形を変え、新たな党派に分かれて増殖していこうが、むだなことだ。このわたしは、一歩たりとも動くつもりはないのだから」(2・15「われわれの欲望は、困難さによってつのること」)と誓って、モンテーニュは不偏不党をつらぬいた。

右の引用の「創始者」とは、宗教改革をめざしたプロテスタント(ユグノー)のことだ。では、「模倣者たち」とは? 王位を狙うギーズ公アンリを領袖として結成され、「ただひとつの信仰、ただひとつの法、ただひとりの国王」を旗印とした「旧教同盟」一派をさしている。彼らは、王権への武力的抵抗を正当化するユグノーの「暴君征伐論」(この大義のために、ラ・ボエシー『自発的隷従論』が勝手に使われたことは、コラム1で述べた)を模倣したばかりか、これを改変してラジカルなものとした。改革派も悪いが、過激なカトリックがより「悪辣だ」ということばには、こうした背景が存在する。

残酷さを嫌い、暴力を憎み、平和を希求する彼は、内乱の時代の調停者にうってつけであった。今日、わが国を引き裂いているところの分裂抗争にあって、わたしは王公たちのあいだに立って、いささかの調停を行わなければいけなかったわけだが、その際にも、わたしは、みんながわたしのことを誤解しないように、うわべだけを見て勝手に思いこまないようにと、細心の注意を払った。……わたしはオープンなやり方をするから、初めて付き合う人々の心にも、簡単に入っていけるし、信用してもらえる。いつの時代にあっても、誠実さと純真さは、その機会を見出し、りっぱに通用するものなのである。それに、自己の利益を少しも求めることなく行動する人間の率直さは、疑われたり、憎まれたりすることもまずない。

(3・1「役立つことと正しいことについて」)

モンテーニュの立場はかなりはっきりしている。王権を支持するカトリックにして平和主義者で、「信教の自由」を掲げていた。「信教の自由について」(「良心の」とも訳せる)は『エセー』の一章のタイトル(2・19)にほかならない。実際、激しく、残忍な宗教対立の時代にあっては、「旧教同盟」の急進主義に違和感を覚えて、宗教問題よりも政治的な配慮を優先するところの、穏健なカトリックの立場も存在しえた。これが「ポリティーク派」の起源であろう。

国家の統一と和平を重視する初期の「ポリティーク派」には、寛容政策を推進したことで知られる大法官ミシェル・ド・ロピタルがいたのだし、プロテスタントが「ポリティーク派」と結ぶことで、礼拝の自由などを認めた「寛容王令」も幾度か出されている。だが、社会秩序回復のためのこうした方策は、カトリック急進派から弱腰・日和見と批判される(「ポリティーク」に駆け引き上手という意味合いがあることを想起しよう)。一五八八年パリで、モンテーニュが「旧教同盟」の手によってバスチーユに投獄されたことはすでにふれたが、彼もまた「ポリティーク派」あるいは改革派のシンパだと見られていたのかもしれない。

宗教戦争という内戦について、モンテーニュは「それは、われわれの良心と信仰を改革するためだというから、《いうことは、りっぱである》(テレンティウス『アンドロス島の女』)。しかしながら、変革《ヌーヴォーテ》の口実などというのは、それがどんなにすばらしくても、非常に危険なものなのだ」(1・22/23)と、「変革」への警戒感をあらわにする。そして、こうも付け加える。

率直にいわせてもらうならば、自分の意見を買いかぶって、「良心や信仰を確立するには、やはり国家の平和をくつがえすことが必要であって、内戦も起こり、国家の大変動が、深刻なまでに生じるわけで、多くの害悪や、風紀・品行のひどい退廃をどうしても招かざるをえず、それが自国に入りこむのは仕方がないのです」などというのは、うぬぼれもはなはだしく、傲慢だと思うのである。……あやまちの数々を打倒しようとして、確実で、十分にわかっている悪徳を、あれこれと押し進めるなどは、へたな采配ではないだろうか？

（1・22/23「習慣について。容認されている法律を容易に変えないことについて」）

彼は、こうした趣旨の発言を『エセー』のあちこちでしている。「わたしは公然たる不正よりも、陰険な不正を憎むし、戦争での不正よりも、平和を口にする、法にのっとった不正を憎む」（3・9「空しさについて」）とか、あるいは、古代ギリシアに範を求めて、「プラトンもまた、国家を治癒する目的で、その平和をかき乱すことには同意せず、国を危険と混乱におとしいれる市民の流血や破滅と引き替えの改革を認めなかった」（3・12「容貌について」）とも述べるのだ。

そこで、モンテーニュの「保守主義」ということが問題になる。モンテーニュは「世直し」に否定的なのだろうか？　若い頃、初めて『エセー』を読んで、わたしもモンテーニュの保守主義にかなり反発した。少しぐらいの副作用があったって、世の中を治療すべきだと考えたからだ。

今でも、そうした反応が、わたしの中では少しだけ生きている。「公共のことがらにおいては、それが一定不変のまま長続きしたものならば、それがいかにまずい制度であっても、変化や改革よりもまだましではないだろうか」（2・17「うぬぼれについて」）とか、「革新《イノヴァシオン》ほど、国家を苦しめるものはない。変化だけでも、不正や専制に形を与えてしまう。どこか一部分が外れてしまっても、つっかい棒をすることが可能ではないか。……世の中というのは、治療にはどうも不向きなのである」(3・9「空しさについて」)などといわれたら、変革を夢見る若者が反発を覚えるのも当然であろう。ボブ・ディランの「時代は変わる」が好きな若者は、カチンときて、長らく『エセー』から遠ざかることにもなった。

しかしながら、これは今になってわかるのだが、モンテーニュが生きたのは単に乱世と形容しただけではすまない、あまりにも悲惨な時代であった。「わが家での一家団欒のときも、不安にさいなまれるのは、この上ない不幸というしかない。……ここでは、平和がその全貌を見せてくれることは一度もない」(3・9)、こうした時代状況なのだった。

国を二分する内戦状態における、過激な動きと狂信こそが、モンテーニュのいう「変革」の実態であった。彼がなによりも優先したのは、和平と秩序だった。したがって、変革する側は「より厳しい立場」に置かれることとなり、「追い払うものの欠陥と、取り入れるものの長所とを、しっかり見きわめる自信」が求められたのだ(1・22/23)。

ところが、そうしたことをしっかり認識していると誇れる人間などわずかしかいないし、そもそも民衆は置き去りではないかというのだ。要するにモンテーニュの「保守主義」とは、すでにして「変革によって関節をはずされて」(1・22/23)しまった国家の崩壊を避けるための、それこそモンテーニュ流の「つっかい棒」(3・9)として理解すべきなのである。

しかも、「変革」という新しさを嫌ったのは、「わたしはもう、時間に見捨てられた存在」(3・10「自分の意志を節約することについて」)と告白する晩年のモンテーニュ、老いたモンテーニュなのだ。「巨大な建造物の土台を交換するようなこと」(3・9)、つまり革命にも等しいことを拒むのは無理もなかったと、今のわたしは思う。堀田善衞《ほったよしえ》が評伝『ミシェル 城館の人』第二部で、モンテーニュを、「リベラルであると同時に寛容であり、また同じ次元で保守的」なのだとして、「トータルな人間とは、かかるもの」だと述べていたことを思い起こさずにはいられないのである。

コラム4

## 二つの『エセー』
### ――「一五九五年版」vs.「ボルドー本」

現在、われわれが読んでいる『エセー』決定版の底本には、「一五九五年版」と「ボルドー本」の二種類が存在する。

拙訳(白水社)は「一五九五年版」を底本としているが、それ以前の全訳(関根秀雄、松浪信三郎、原二郎の諸氏による)は、いずれもモンテーニュの「手沢本」を底本としている。「手沢本」とは、故人が大切に手元に置いて、書き込みなどをした本のことで、「沢」には、「もてあそぶ」とか「こする」といった意味があるし、「光沢」ということばからも想像がつくように、手あかがつくほど鍾愛した書物を意味する。一五八八年版の『エセー』の一冊に、モンテーニュ本人がおびただしい加筆訂正をほどこした手沢本は、ボルドー市のお宝として同市の図書館に大切に保存されているところから、「ボルドー本」とも呼ばれている。

ところが、この「ボルドー本」が、発見されたのがフランス革命の直前なのだ。それ以前は、モンテーニュの死後、コラム2で紹介したグルネー嬢が中心となって編んだ「一五九五年版」および、その流れをくむ刊本がずっと読まれてきた。たとえばパスカルは一六五二年刊のパリ版で、ルソーは一七二七年刊のジュネーヴ版で『エセー』を愛読したとされる。それらの刊本の本文が、いずれも「一五九五年版」のテクストであることを忘れるべきではない。

どうしてわざわざ、このようなことを述べるのかといえば、「ボルドー本」と「一五九五年版」のテクストが、微妙に異なっているからである。そして、どちらがモンテーニュの最終的な意志を反映したものかについては、いまだに決着がついてはいない。もちろん、一般の読者はどちらのヴァージョンで読んでも、大した問題はないのだけれど、両者のちがいについて知っておいて損はない。そこで、この二つの底本に関して、わたしなりに推論してみる。

モンテーニュは『エセー』の生前決定版(一五八八年)を出したあとも、手元の一五八八年版におびただしい加筆訂正をおこなった。おそらくは最晩年に至るまで、テクストに斧鉞を加えたのだ。そして一五九二年九月一三日、モンテーニュ村の城館で亡くなった。遺言書は残っていないものの、生前、遺族や友人たちに、手沢本を元にした『エセー』の新版を出版するように言い残していたことは確実だ。そして死後版の編集は、パリのグルネー嬢に委ねられたが、これも本人の遺志を反映したものと思われる。

さて、問題はここからだ。南仏モンテーニュ村の城館から、モンテーニュが加筆訂正をほどこしたところの手沢本『エセー』が、あるいはその写しがパリに送られて、それに基づいてアベル・ランジュリエ書店で新たな版が印刷・刊行されることになる。では、現存する手沢本である「ボルドー本」が、首都に送付されたのだろうか?

それは二つの理由によって、ありえない。まず第一は一般論であって、一六世紀には、印刷終了後の原稿類は廃棄されるのが常で、手書きの原稿を価値あるものだとする発想は存在しなかった。実際、この世紀の文学作品などの原稿はほとんど残っていないのだ。つまり、現存する「ボルドー本」は、まさに現存するという理由によって、印刷には使われなかったことになる。第二に、一歩を譲って、「ボルドー本」が死後版の印刷に使われたと仮定してみよう。この場合、植字工がこの原本を使って植字作業をスムーズに行うためには、折丁ごとにバラす必要があった。それに、植字工の指紋など、さまざまな汚れだって付くにきまっている。ところが、「ボルドー本」にそのような形跡はないのだ。かくして、一般論のみならず、「ボルドー本」の調査からしても、死後版の底本は「ボルドー本」ではなかったことが証明される。

したがって、「ボルドー本」とは別の「X本」が、パリに送られて印刷に使われたという理屈になる。では、この「X本」とは、いかなるものであったのだろうか？ ①「ボルドー本」の写し、②「ボルドー本」とは別の手沢本、という二つの可能性が考えられよう。

①の場合について考えてみよう。「ボルドー本」の加筆訂正は非常に細かな文字でなされ、ページによってはびっしりと書き込みがある(図版)。その写しを作成するのは容易ではないし、もし作成したとしても、正確さにおいて劣るのではないだろうか。それぐらいならば、「ボルドー本」そのものをパリに送ればよかったはずだ。遺族や友人の立場になってみると、「ボルドー本」という御真筆が存在するのに、わざわざ(不正確になりかねない)写しを作成して送るのは不自然に感じられる。それに、グルネー嬢はモンテーニュの筆跡には慣れていたはずだから、むしろ手沢本のほうがありがたかったにちがいない。

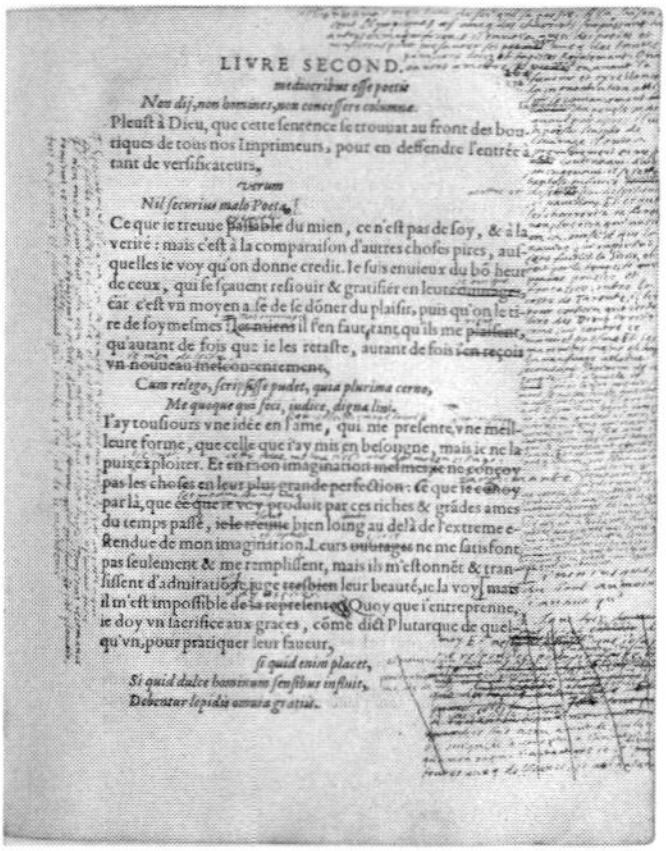
LIVRE SECOND.

Nec dij, non homines, non concessere columnæ.

Pleuſt à Dieu, que cette ſentence ſe trouuat au front des boutiques de tous nos Imprimeurs, pour en deffendre l'entrée à tant de verſificateurs,

Nil ſecurius malo Poeta.

Ce que ie treuue paſſable du mien, ce n'eſt pas de ſoy, & à la verité : mais c'eſt à la comparaiſon d'autres choſes pires, auſquelles ie voy qu'on donne credit. Ie ſuis enuieux du bõ heur de ceux, qui ſe ſçauent reſiouir & gratifier en leur ouurage, car c'eſt vn moyen aiſe de ſe dõner du plaiſir, puis qu'on le tire de ſoy meſmes. Les miens il ſ'en faut tant, qu'ils me plaiſent, qu'autant de fois que ie les retaſte, autant de fois i'en reçois vn nouueau meſcontentement,

Cum relego, ſcripſiſſe pudet, quia plurima cerno,
Me quoque qui feci, iudice, digna lini.

I'ay touſiours vne idée en l'ame, qui me preſente vne meilleure forme, que celle que i'ay mis en beſoigne, mais ie ne la puis exploiter. Et en mon imagination meſmes ie ne conçoy pas les choſes en leur plus grande perfection : ce que ie conoy par là, que ce que ie voy produit par ces riches & grãdes ames du temps paſſé, ie le treuue bien loing au delà de l'extreme eſtendue de mon imagination. Leurs ouurages ne me ſatisfont pas ſeulement & me rempliſſent, mais ils m'eſtonnẽt & tranſiſſent d'admiration, ie iuge tresbien leur beauté, ie la voy, mais il m'eſt impoſſible de la repreſenter. Quoy que i'entreprenne, ie doy vn ſacrifice aux graces, cõme dict Plutarque de quelqu'vn, pour pratiquer leur faueur,

ſi quid enim placet,
Si quid dulce hominum ſenſibus influit,
Debentur lepidis omnia gratiis.

「ボルドー本」の加筆訂正
(ボルドー市立図書館)

そうすると、浮上してくるのが②の可能性で、この立場をとる学者も存在する。しかしながら、はたしてモンテーニュは、わざわざ二つの手沢本を用意したりするだろうか？ なにしろ、自分の死期が迫るなかで、『エセー』を読み直して、懸命になって補筆していたのであるから、心身ともにそのような余裕はなかったはずだ。

といった次第で、この問題の謎は解きがたい。

ともあれ、「X本」がパリに送られて、グルネー嬢の献身的な努力によって一五九五年、『エセー』死後版がパリで刊行された。そのタイトルには、「著者の死後見出された新たなエディション。著者により、先行する刊本に対して、三分の一以上が訂正され、加筆された版」とある。このようにして、加筆訂正版であることが強調される大きな理由は、「特認」(出版独占権)の獲得にある。一五八八年版『エセー』は九年間の「特認」を賜っていたが、その期限切れも近かった。そこで死後版は、新たに『エセー』の手沢本が見つかり、大幅な加筆訂正を反映したテクストになりましたという理由を付した。つまり新しいテクストの上梓という事由によって、さらに一〇年間の「特認」を獲得したのである。

ところが、この一五九五年版には、一五八八年版と比較して、大きな差異がひとつ存在する。「X本」におけるモンテーニュの指示を反映したにちがいないのだが、なぜか一五八八年版の第一巻第一四章が、ずっとうしろの第四〇章に移されているのだ(なお、「ボルドー本」にはそうした指示はない)。このため、一五八八年版の1・15→一五九五年版1・14から始まって、一五八八年版の1・40→一五九五年版1・39まで、章の数字が一つずつずれることになる。ややこしいものの、仕方がない。たとえば、「哲学することとは、死に方を学ぶこと」というかなり有名な章は、既訳では1・20なのに、拙訳では1・19となっている。一五九五年版に依拠した論文などにおいては、これを1・19/20と表記しているから、本書でもこの表記を採用してある。

さて、話はここからさらに入りくんでくる。フランス革命の頃に、行方知れずの「ボルドー本」が発見されると、『エセー』の底本に大きな影響が生じてくるのだ。「ボルドー本」のテクストが一五九五年版と一致すれば、なんの問題もなかったのだが、詳しく調べてみると、あちらこちらで微妙に異なっているではないか。しかも、一五九五年版にある次の一節が、「ボルドー本」には存在しなかった!

「わたしは、わたしと義理の娘のちぎりを結んだマリー・ド・グルネー・ル・ジャールに抱いている希望の念を、あちこちで喜んで明らかにしてきた。もちろん彼女は、わたしから父親以上に愛され、わが隠遁と孤独な生活のなかに、わたし自身の存在の最良の部分のひとつとして包みこまれている。わたしはこの世では、彼女のことしか注視していない。青春時代が予兆となりうるというならば、彼女の精神の場合、いつの日かりっぱなことをなしとげることができよう。とりわけ、書物で読むかぎりでは、女性たちがいまだにその域に達したことのない、あの聖なる友情を完璧さにまで高められるのではなかろうか。彼女の誠実にして堅実な生き方は、すでに十分なものであるし、わたしへの愛情もあり余るほどで、要するに、これ以上なにも望むことはない。ただひとつ、彼女がわたしに会ったのが、わたしが五五歳のとき〔一五八八年〕であったことから、わたしの最後の日が近いことをずいぶん心配しているけれど、このことにひどく苦しむことのないよう願うだけである。この時代に、女性でありながら、あれほどの若さで、しかも地方で独力によって、わたしの最初の『エセー』〔一五八〇年版〕に示した判断力のすばらしさ、また、『エセー』を読んだことで、会う以前からわたしに敬意を抱き、ひたすらこのことを支えにして、周囲の人もよく知るほどの熱烈さでわたしの著作を愛し、わたしとの出会いを長期間にわたって熱望していたということは、この上なく敬意にあたいすることがらといえよう」(2・17「うぬぼれについて」)。

これはもう、手放しのグルネー嬢礼讃であるから、驚くしかない。この文章の加筆が、御真筆たる「ボルドー本」には存在しなかったから、一時は、一五九五年版を編んだグルネー嬢が自分で勝手に付け加えたのではと疑われもした。なにしろ、一五九五年版の元となった「X本」は、当時の習慣にしたがって廃棄されたはずで現存しないのだから、物証を欠くという不利な立場にある。そのため、「X本」は「ボルドー本」の不正確な写しだと決めつけられて、「ボルドー本」と一五九五年版の差異は、ことごとく不正確な写しゆえの仕業とされてしまった。

こうして、一五九五年版『エセー』の価値は貶められ、現存する「ボルドー本」が底本として絶対的な地位を占めることになった。やがて、ボルドー市の後援により、「ボルドー本」を底本とした『エセー』、通称「ボルドー市版」(一九〇六―一九三三年)が作成されると、これが『エセー』のテクストとして威光を放ち、これを継承するところのヴィレー＝ソーニエ版『エセー』（一九六五年）が、もっとも信頼に値するスタンダードな刊本として長年にわたり君臨してきたのだった。

しかしながら、「ボルドー本」にはアキレス腱がある。一九世紀に製本し直された際に、ページの端が断ち切られて、モンテーニュの書き込みの一部が失われてしまったのだ。その結果、「ボルドー本」を底本にした場合も、こうした個所は一五九五年版から借用せざるをえないという皮肉な現象が生じている（「ボルドー市版」では、こうした個所を［　］で括っている）。

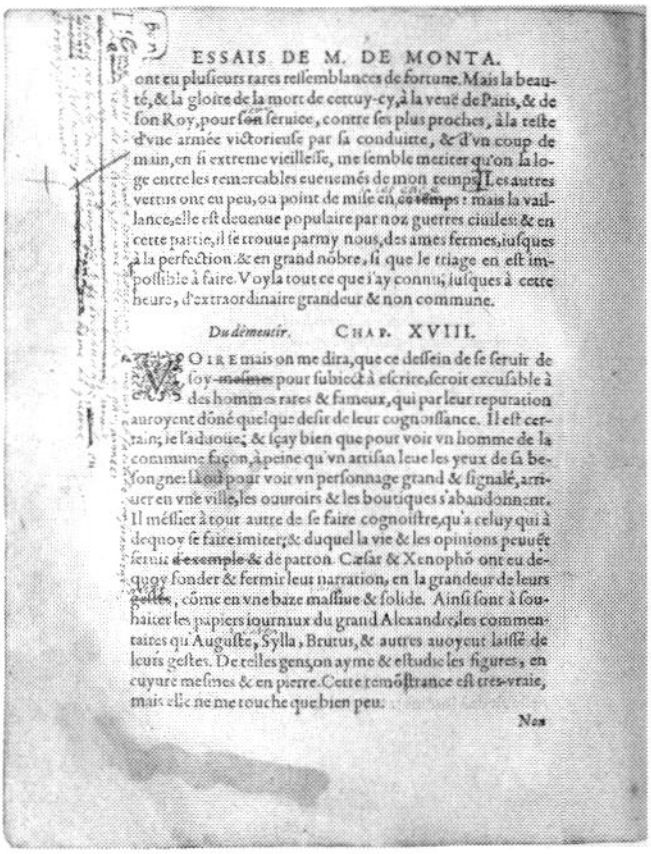

ESSAIS DE M. DE MONTA.

ont eu pluſieurs rares reſſemblances de fortune. Mais la beauté, & la gloire de la mort de cettuy-cy, à la veuë de Paris, & de ſon Roy, pour ſon ſeruice, contre ſes plus proches, à la teſte d'vne armée victorieuſe par ſa conduitte, & d'vn coup de main, en ſi extreme vieilleſſe, me ſemble meriter qu'on la loge entre les remercables euenemés de mon temps. Les autres vertus ont eu peu, ou point de miſe en ce temps: mais la vaillance, elle eſt deuenue populaire par noz guerres ciuiles: & en cette partie, il ſe trouue parmy nous, des ames fermes, iuſques à la perfection: & en grand nõbre, ſi que le triage en eſt impoſſible à faire. Voyla tout ce que i'ay connu, iuſques à cette heure, d'extraordinaire grandeur & non commune.

*Du démentir.* CHAP. XVIII.

VOIRE mais on me dira, que ce deſſein de ſe ſeruir de ſoy-meſmes pour ſubiect à eſcrire, ſeroit excuſable à des hommes rares & fameux, qui par leur reputation auroyent dõné quelque deſir de leur cognoiſſance. Il eſt certain; ie l'aduoüe; & ſçay bien que pour voir vn homme de la commune façon, à peine qu'vn artiſan leue les yeux de ſa beſongne: là où pour voir vn perſonnage grand & ſignalé, arriuer en vne ville, les ouuroirs & les boutiques s'abandonnent. Il meſſiet à tout autre de ſe faire cognoiſtre, qu'a celuy qui à dequoy ſe faire imiter; & duquel la vie & les opinions peuuẽt ſeruir d'exemple & de patron. Cæſar & Xenophõ ont eu dequoy fonder & fermir leur narration, en la grandeur de leurs geſtes, cõme en vne baze maſſiue & ſolide. Ainſi ſont à ſouhaiter les papiers iournaux du grand Alexandre, les commentaires qu'Auguſte, Sylla, Brutus, & autres auoyent laiſſé de leurs geſtes. De telles gens, on ayme & eſtudie les figures, en cuyure meſmes & en pierre. Cette remõſtrance eſt tres-vraie, mais elle ne me touche que bien peu.

Non

「ボルドー本」(2・17)でも，6行目 "Les autres" の前に挿入マーク，欄外左に十字マークが書き込まれている（ボルドー市立図書館）

底本としての「ボルドー本」の支配が、もうひとつの本文表記法の工夫とも連動していることについて説明しておきたい。それは『エセー』というテクストの発展を明示するために、初版（一五八〇年）の本文には記号Aを、一五八八年版での加筆・訂正にはBを、そして以後の、すなわち「ボルドー本」に見られる加筆・訂正にはCを付して階層化することで、『エセー』の「進化」を可視化しようという試みである。

「ボルドー市版」では、一五八八年版の本文をローマン体で、「ボルドー本」での加筆をイタリック体で組んである。その上で、一五八〇年から一五八七年までの本文ならばAを、一五八八年の本文ならばBを、傍らに付していた。だがその後、ヴィレー＝ソーニエ版では、本文中にABCの記号が入り込んで、現在に至っている。

たとえば、こうした工夫を採用した原二郎訳

(岩波文庫)の凡例には、「(a)は一五八〇年版のテキストを、(b)は一五八八年版における増訂の部分を、(c)はその後モンテーニュが自筆で加筆した部分を示す」と書かれている。たしかに、『エセー』の進展ぶりが一目でわかる便利な記号だとは思う。でも、わたしはへそ曲がりなのか、ABCだか(a)(b)(c)だか、妙な記号が本文に出現するのが、昔から目ざわりだった。研究者向けのエディションならいざ知らず、一般向けの版や翻訳に、余計な記号は不要だという単純な理由からだ。パスカルもルソーも、そのような記号のないベタなテクストを読んでいたのである。

もうひとつ、先ほど引用したグルネー嬢礼讃の個所について、書き忘れたことがある。「ボルドー本」を冷静に眺めると、そこにはちゃんと挿入マーク(I)がある(図版)。おまけに、モンテーニュは、書き切れない場合には別紙を貼ったことも判明していて、このページにも糊の跡が見られるという。文学研究においても、この種の鑑定が重要なことに変わりはない。こうして、グルネー嬢礼賛は捏造ではなく、モンテーニュの文章だとの判断が下された。「ボルドー市版」でも、この個所を［　］を付けた上で本文に組み入れていたし、現在では、「ボルドー本」を底本とするどの刊本も、本文として扱うのが通例となっている。

こうして、「ボルドー本」の優位が一世紀近く続いてきたものの、最近は一五九五年版の巻き返しも急である。たとえば、もっとも権威あるプレイヤード版の新版『エセー』(二〇〇七年)は一五九五年版に依拠している。拙訳が一五九五年版を底本としていることは、冒頭で述べたとおりだが、どちらかを絶対視することなく、両方の翻訳が平和に共存すればいいのである。

# 第５章　文明と野蛮

「彼らは，自然の必要性に命じられた分しか，望まないという，あの幸福な地点にいるのだ」

16世紀のボルドー（*Album Montaigne*, Gallimard, 2007より．ボルドー市立史料館）

## 5-1　野蛮と野生

自分の習慣にはないものを、野蛮《バルバリー》と呼ぶならば別だけれど、わたしが聞いたところでは、新大陸の住民たちには、野蛮《バルバール》で、未開《ソヴァージュ》なところはなにもないように思う。どうも本当のところ、われわれは、自分たちが住んでいる国での考え方や習慣をめぐる実例とか観念以外には、真理や理念の基準を持ちあわせていないらしい。あちらの土地にも、完全な宗教があり、完全な政治があり、あらゆることがらについての、完璧で申し分のない習慣が存在するのだ。彼らは野生《ソヴァージュ》であるが、それは、自然がおのずと、その通常の進み具合によって生み出した果実を、われわれが野生《ソヴァージュ》と呼ぶのと同じ意味合いで、野生《ソヴァージュ》なのである。

（1・30/31「人食い人種について」）

大航海時代のヨーロッパでは数多くの旅行記が綴られ、そこでは新大陸の住民の「野蛮な」習慣が紹介された。衣服をまとわず裸で、一夫多妻制も多く、おまけに食人行為《カニバリズム》を実践する、といったふうに。そして、ヨーロッパ人にとってすでにタブーとなったふるまいが残っていることに、「文明化」した人々は衝撃を受けた。

ところが、モンテーニュの筆法はどうかといえば、新大陸の「野蛮人」の残酷さを連綿と書き連ねると思いきや——もちろんそうした趣もなくはないものの——彼らの勇敢さや、粗食に代表されるつましさなど、のちにルソーが「自然状態」と呼んだ特徴を、いわば美点として挙げる。

話が先走ってはいけない。「野蛮」の語源はギリシア語の「バルバロイ」(訳のわからない言語を話す人々)で、ギリシア人から見た異民族の呼称となったという。したがって、本来は異国の人といった意味であろうが、やがて、自民族優位の視点が、「野蛮人」というニュアンスを生むことになる。右の引用でモンテーニュは、「文明化」したものを「習慣」と短絡させて、それ以外を「野蛮」と呼びたがる、文明人の悪しき癖を念頭に置いて、それならば話は別だけれどと、わざと留保を付けている。そこから、モンテーニュ流の価値の相対化が始まる。

われわれは得てして、自分たちの尺度や既成観念でもって、未知のものを判断しがちである。モンテーニュは、そうした物差しを外してしまえば、新大陸の住民は別に「野蛮」でもなければ、「未開」でもないのではと考える。なぜならば、あちらにはあちらの習慣が存在するわけで、そのことに対して、われわれがわれわれの基準で「野蛮」だと非難するのはおかしいというのだ。

この「習慣」という言葉を「文化」と言い換えるならば、現在の文化相対論ということになる。しかもこの章でモンテーニュは、「野蛮」を「人為」と結びつけて価値の転倒をおこなう。「本当のことをいえば、われわれが人為によって変質させ、ごくあたりまえの秩序から逸脱させてしまったものこそ、むしろ、野蛮と呼んでしかるべきではないか」と。そしてブラジルの果実を引き合いに出し、それは「わが国のものにひけをとらぬほどに、美味で、味わい深いものかと思われる」と述べる。

モンテーニュがブラジル産の果実を味わったかどうか、この時代だから、乾燥フルーツならまだしも、フレッシュなものを味わうのは不可能で、伝聞であろう。ただし彼は、「未開人」の主食である「なにやら白いもの」――マニオク(キャッサバ。根からタピオカがとれる)のことだと思われる――は試食したものの、「なんだか甘くて、どうも風味に欠ける」と感想を述べている。

モンテーニュと新大陸のつながりはとても強い。ブラジルに「一〇年ないし一二年も住んでいた」男を屋敷に置いていたというのだ。その男の証言が信頼できる理由を、こう挙げる。

わたしが使っていた男だけれども、単純で、無骨な人間であったが、これは本当の証言をもたらすのには、ぴったりの条件といえる。というのも、利口な人間は、もっと注意深く、もっとたくさんのものごとに気づくものの、それに注釈をつけてしまうのだ。……純粋なものごとを示すことは絶対になくて、それをひん曲げて、自分が見たような顔つきの仮面をつけるのだ。……そんなわけだから、必要なのは、とても忠実な人間か、さもなければ、すごく単純であって、なにかをでっちあげて、それをまことしやかに見せるだけのものを持ちあわせず、なににも与《くみ》しないような人間である。わが家にいた男は、そうした人間であった。おまけに、旅行のあいだに知り合ったという水夫や商人たちに、幾度となく会わせてくれた。

（1・30/31「人食い人種について」）

この個所では、証言の信憑性に関しても、「自然」と「人為」の対立が持ち出されている。余計な注釈や解釈は、真実を曲げる「仮面」、そうしたことのない「単純な」人間の話すことこそ信頼度が高いと、ここでもある種の価値転倒が行われている。これは、「わたしは、きわめて単純な歴史家か、さもなければ、卓越した歴史家を好んでいる」、「中間にある歴史家は、……自分勝手な判断をおこなったあげく、歴史を好きなようにねじ曲げてしまう」（2・10「書物について」）という、彼の歴史観と対応する。

モンテーニュは、自分の使用人の証言ならば信頼できると述べることによって、同じくブラジルに渡り、帰国後、『南極フランス異聞』や『世界地誌』を著して「世界地誌学者《コスモグラフ》」を自称したアンドレ・テヴェ（1516–1592）の記述に、潤色・脚色が多いことを暗に批判している。人間は、自分の知っているかぎりにおいて述べるべきなのに、「ややもすると、この小さな断片をぐっと引きのばして、自然学全般について書く」（1・30/31）という悪い癖がある。だから、「この男の情報だけで十分なのだ」と、素直に経験した事実を語ってくれる人間に信を置くのである。

新大陸の住民の「ハンモックや、ロープ、木剣、戦のときに手先をおおう腕輪、ダンスのリズムをとるための、片方の端がぐっと開いている大きな杖など」(1・30/31)も家にある、とモンテーニュが明言していることも興味深い。どうやら彼は、ブラジル渡来の品々のちょっとしたコレクションを所有していたらしいのだ。

「思い上がりと好奇心とは、われわれの魂のふたつの疫病神だ」(1・26/27「真偽の判断を、われわれの能力に委ねるのは愚かである」)と戒めていても、当人は好奇心が人一倍旺盛な人間であったし、新世界への関心も強く、収集熱もかなりのものだったらしい。もっともなかには、こうした証人や証拠の品々への言及は、自分の言説の信憑性の担保、レトリック上の素材にすぎないと考える研究者もいるのだが。

いずれにせよ、モンテーニュの見方からすると、「われわれは、自然が作り出したものの美しさと豊かさの上に、われわれの考え出したことをあまりにもたくさん乗せすぎてしまって、これを完全に押し殺してしまっている」(1・30/31)のである。ここにも、エコロジーの原点のような発想がうかがえる。

## 5-2 自然と人為

自然の純粋さが輝くところでは、どこでも自然は、われわれの空しく、つまらない試みに、ものすごい恥をかかせることになる。

《キヅタ(木蔦)はおのずとぐんぐんと伸びて、木イチゴは人里離れた山間の窪地で、ますます見事に成長し、鳥たちは、自然に、ますます美しく歌う》(プロペルティウス『詩集』)。

われわれがいくら努力したとて、……そこらのちっぽけなクモの巣だって、真似ることもできやしない。プラトンは、「すべてのものは、自然か、偶然か、人為の、いずれかによって作り出される。もっとも偉大にして、美しいものは、前二者のどちらかで、もっともつまらなくて、不完全なものは、最後のものによって作り出される」と述べている。つまり、新大陸の住民たちは、人間精神による細工をほんの少ししか加えられておらず、いまだに、彼らの原初の素朴さときわめて近いところにいるために、あのように野蛮《バルバール》であるものと思われる。

(1・30/31「人食い人種について」)

5-1で引いた「野蛮」と「野生」の区別に続いて、今度は、「自然」が美しく純粋であるのに対して、そこに「人為」が加わると、変質をこうむるという認識が示される。

『エセー』では、作者の思索の歩みをバックアップするようにして、古典からの引用がおこなわれることはすでに述べた。「あちらこちらと、さまざまな書物から、気に入った文章をつまみ食いしてくる」(1・24/25「教師ぶることについて」)と、「それをねじ曲げてでも、自分の文章に縫いつける」(1・25/26「子供たちの教育について」)のが、彼の好みなのだ。ここではローマの詩人プロペルティウスが原文で引かれている。

なお、『エセー』にはそうした典拠は示されてはいない。けれども、古典選文集のおもむきを呈した『エセー』は、英語にもいち早く訳されたし(シェイクスピアへの影響が指摘されている)、ロングセラーともなって、一七世紀に入ったころから典拠探しが始まり、出典を添えた版も出されるようになるのだ。翻訳では、拙訳のように本文中に典拠を挿入するスタイルもあれば、岩波文庫のような後注スタイルもある。

『エセー』における引用について、もうひとつ。上記の文章中のプラトンの個所だが、これは『法律』から引かれていることがわかっているから、拙訳ではカギ括弧に入れてある。しかしながら、『エセー』の原文では括弧にくくられているわけではない。

そもそも、当時はまだ、引用の記号やシステムは模索段階なのである。引用する際も、必ずしも正確な引き写しではないし、ましてやギリシア語原典を参照しているわけでもない。「読んだことがなくても、プラトンとかホメロスを引き合いに出す連中もいるように、このわたしも、引用文を、原典以外の場所から引っぱってきたことも多い」(3・12「容貌について」)と、本人が述べるとおりであって、孫引きもけっこうある。

フィチーノによるラテン語訳の『法律』は所持していたはずだが、ここは何か別の書物から孫引きしているのかもしれない。モンテーニュはしかつめらしい学者ではないのだから、読み手もこうしたことに余計な神経を使う必要はない。

引用をめぐって、モンテーニュ流にやや脱線したところで、「人食い人種について」に戻ろう。モンテーニュは、「彼らはとても快適で、穏和な土地に暮らしているために、わが証人たちのいうところでは、そこでは病人の姿を見ることさえめったにないという。年老いても、中風で震えたり、目やにが出たり、歯抜けになったり、腰が曲がったりする人間など見たためしがないと、証人たちは断言している」と、「未開人」の健康さを強調している。

「証人たち」の一人、それはレヴィ゠ストロースが「民族学にとっての座右の書」(『悲しき熱帯』九)として、ブラジル先住民の村落に携えていった『ブラジル旅行記』(一五七八年初版、ジュネーヴ刊)の著者、ジャン・ド・レリー(1534–1613)である。

ジャン・ド・レリーはブルゴーニュ地方の出身で、ジュネーヴに移住してプロテスタントの神学生となるが、やがてカルヴァンの要請もあってブラジルに渡る。プロテスタントを中核とする移民団がグアナバラ（現在のリオ・デ・ジャネイロ）に到着したのは一五五七年三月だった。けれども、一五五五年に現地入りしていた新旧両派混成部隊の第一陣との確執、あるいは植民計画のリーダーのヴィルガニョンとの対立などもあって、レリーたちのグループは本隊とは袂を分かち、その後、帰国することになる。結局、カトリックとプロテスタントの共生という夢は潰え、フランスの植民は失敗に終わってしまうのだ。

ブラジルから帰国して、ロワール地方で改革派教会の牧師をしていたレリーは、一五七二年、サン＝バルテルミーの虐殺を経験する。虐殺の狂気がレリーのいた町にも波及して、多くの人々が犠牲となった。かろうじて難を逃れたレリーは、近くの町での籠城戦に参加している。こうした苦悩の経験を込めて、おもむろに書き下ろしたのが『ブラジル旅行記』であり、モンテーニュはこの著作をまずまちがいなく読んでいる。

レリーの本には、たとえばこうある。「彼らは……われわれよりほど病気に罹らないし、片脚や片目が不自由だ……といった例もほとんど見当たらない。また、多くは一〇〇歳から一二〇歳まで長生きする……が、年老いても白髪はもちろんごま塩の髪になった者もほとんどいない。これは一つには確かに、彼らの国の良い空気や適当な気温を証明するものだ。……二つには、彼らが浮世の雑事に執着したり悩んだりすることはほとんどないことを示している」（『ブラジル旅行記』第八章、二宮敬訳)。

人生百年時代ではあるまいし、一〇〇歳以上まで生きるとは考えられないが、一応、彼らは年齢を数えられると付言しているから、「未開人」がそう言明したのであろう。

では、「野蛮」という中心テーマにもどるとして、5-1冒頭の引用を、もう一度読んでみよう。「野蛮な barbare」の類義語として sauvage という単語が提示され、今度は、この単語を「未開の、野蛮な」と「野生の」という意味で使い分けると、新大陸の人々は「野生の」人々にほかならないと規定される。

そして、彼ら「野生」の人々は「自然」が生んだ果実に喩えられるのであって、このあたりの論旨の展開はすばらしい。次に、新大陸の「栽培なしの」(「文化なき」という含み)果実は、さぞかし「美味で、味わい深い」であろうとして、「人為 art」と「自然」との比較に移ると、偉大にして母なる自然を前にすれば、「人為」や「技術」は二次的なものだと判断される。あの偉大なプラトンにしても想像できなかったような、「純粋で素朴な」新世界が、「人為や連帯が」少なくても「維持できる」社会が、発見されたのである。

## 5-3　はたしてどちらが野蛮なのか

彼らは、山の反対側の、陸地のずっと奥にいる部族と戦争をする。武器としては、弓矢と、わが国の槍の穂先のように先端をとがらせた木の剣だけで、裸で立ち向かっていく。戦闘における強靭さといったら驚くべきものであって、殺戮や流血なしには決して終わりはしない。……各人は、勝利のしるしに殺した敵の首を持ち帰って、建物の入口にかけておく。いくさの捕虜は、長いあいだ手厚くもてなして、思いつくかぎりの便宜を与えたのち……剣で捕虜を叩き殺すのだ。その後、その肉を焼いて、みんなで食べると、来なかった連中にも切れ端を届けてやる。

これは、その昔スキタイ人がしていたように、栄養をとるためだろうと考えがちだけれど、そうではなくて、最高度の復讐の心情を表すためにほかならない。

（1・30/31「人食い人種について」）

彼らの戦いは必ず殺戮や流血をともない、敵の首級を飾り、捕虜は殺してから食するのだから、残酷なふるまいにちがいはない。けれども、それは「復讐の心情」のなせるわざである。しかも、新大陸にやって来たポルトガル人が捕虜をむごいやり方で殺すのを見て、先住民は、わざわざこれを模倣する。この事実を知ったモンテーニュは、食人行為をおこなう彼らが野蛮だといえば、それはそうかもしれないけれど、わたしがもっと悲しいのは、われわれヨーロッパ人が、「われわれ自身のあやまちについては、これほどまでに盲目であること」なのだといって、こう書く。

わたしからすれば、死んだ人間を食べることよりも、生きた人間を食べるほうが、もっと野蛮《バルバリー》なことだと思う。死んでから、それを焼いて食べるよりも、まだ感覚が十分に残っている肉体に、拷問や責め苦を加えて、引きちぎってばらばらにしたり、じっくりと火にあぶったり、犬や豚に噛みつかせて、なぶり殺しにしたりするほうが、よほど野蛮なことではないか。このことを、われわれは書物で読んでいるだけではなく、この目で見て、なまなましく記憶にとどめている——それも、仇敵どうしのできごとなどではなくて、隣人や同じ町の住人どうしで、しかも、信仰と宗教に名を借りておこなわれているではないか。

（1・30/31「人食い人種について」）

この個所だけれど、いくらなんでも、旧大陸の人々が生きた人間をそのまま食べるはずはないのだから、「生きた人間を食べる」は喩えであって、わたしはジャン・ド・レリーの次の一節に由来すると考えている。

「われわれが、わが肥満せる高利貸したちのしていることを真剣に考察するならば、彼らは、私の語る未開人たちよりも遥かに残酷であると言わねばなるまい。彼らは後家であろうが、孤児であろうが、その他哀れな人々であろうが、誰彼かまわずその血や骨の髄を啜り、結局は生きながら食ってしまうのだ」(『ブラジル旅行記』第一五章、二宮敬訳)。

「生きながら食ってしまう」という、強欲な高利貸しの人面獣心ぶりを喩えた表現を、モンテーニュは自己流に脚色している。借用した文章を「新たな使い道のために、どれかを変装させたり、変形したり」(3・12「容貌について」)するのが、彼の流儀なのだから。

ところでレリーはさらに筆を走らせると、カニバリズムに関して、一五七二年八月末の「リヨン晩禱の虐殺」(パリのサン゠バルテルミーの虐殺の一週間後に発生)がエスカレートして、「人々の脂肪」の売買や人肉食といった狂気の沙汰が行われたことを引き合いに出すと、「今後は、……人間を食う未開人のことを、闇雲に忌み嫌わないでいただきたい。……何もはるばるアメリカくんだりまで行って、奇々怪々自然の理を越えたことを見ようとするまでもない」と書き記す。カルヴァン派として、新大陸の先住民の蛮行との対比において、狂信者たちによる新教徒虐殺の残虐非道さを強調したかったにちがいない。

けれども、これはけっして誇張ではない。わたしは昔、リヨンのことを調べていて、次のような記述に愕然としたことが忘れられない。

「民衆が死体を〔ソーヌ〕河に投げこみ始めたとき、薬剤師が現れて、〈死体から油を取れば、金になりますよ〉と説いた。この忠告を受けた人々は、脂がのって栄養のよさそうな死体を選び、それを解体して大量の油を取った。油は一リーヴル〔四一九グラム〕についてブラン銀貨三枚で買い取られた」(『リヨンでの改革派の虐殺』一五七四年、ローザンヌ刊)。

改革派の地スイスで出された書物ゆえ、少しは割引して読む必要があるのかもしれないが、それにしても背筋が寒くなるほどの残酷さではないか。レリーとは異なり、モンテーニュはそうした残虐さのディテールを描くことはない。パリにおけるサン゠バルテルミーの虐殺の余波で、ボルドー高等法院でも判事二人が殺されたことが脳裏をよぎったに相違ないけれど、これをぐっと胸の奥にしまいこみ、「信仰と宗教に名を借りた」野蛮なふるまいを、われわれは「この目で見て、なまなましく記憶にとどめている」と述べるだけだ。

そして、「死んでから、焼いて食べる」という先住民の復讐儀礼と、旧大陸の「われわれ」の拷問・虐殺とを比較して、後者を「野蛮」だとみなし、こう述べる。

したがってどうなるかといえば、われわれは彼らを、理性という尺度で、野蛮だと呼ぶことはできても、われわれを基準にして、彼らを野蛮だと呼べはしない——われわれは、あらゆる野蛮さにおいて彼らを凌駕しているのだから。彼らの戦争は、非常に高貴かつ高潔なものであって、戦争という、この人間ならではの病気が有しうるかぎりの、まともな理由とみごとさを備えている。彼らのあいだでは、戦争の根拠とは、ひとえに勇気を熱望することにあるのだ。彼らは、新たな領土を征服しようとして戦うわけではない。なにしろ、彼らはいまだに自然の豊かさに恵まれていて、おかげで、わざわざ働いたり、苦労をしなくても、必要なものはなんでも十分に授かるのであるから、自分たちの境界を広げるには及ばないのだ。つまり彼らは、いまだに、自然の必要性に命じられた分しか、望まないという、あの幸福な地点にいるのだ。それを越えた分は、ことごとく、彼らにとっては余計なものなのである。

（1・30/31「人食い人種について」）

先住民の戦争はカニバリズムを伴うとはいえ、「高潔」なもので、そこには領土征服の野望はない。必要なものをすべて自然から授かる彼らは、逆にいえば、必要な分以上は望まないという幸福な地点にいる。彼らが、戦いの勝利として獲得するのは、領土ではなく、「名誉と、そして勇気と力《ヴェルチュ》」にほかならないのだ。ここでは、「人為」ではなく、「自然」の価値が再認識されている。

次にモンテーニュは、やがては殺されて、宴会に供せられる捕虜の「不屈の勇気」を讃える。弱音を吐くどころか、「寄り集まって、おれの肉を食うがいいや。おれさまに食われて、この身体の栄養となった、おまえたちの父さんやご先祖さまも、いっしょに食うことになるんだからな。……しっかり味わってみるんだな、おまえの肉の味がする」と、捕虜は歌まで歌う余裕ぶり（テヴェ『南極フランス異聞』から借用し加筆)で、相手を「ことばや仕草で……挑発し続ける」。

こうした情景を読んで、モンテーニュは、「人間の評価や価値は、その心ばえと意志のうちに存在するのであり、本当の名誉はここに宿る」として、「勇気という名誉は、戦うことにあって、うち勝つことにはない」とまで考える。彼らの恋の歌のギリシア風の響きに感心し、敗北における勇気に感嘆した彼は、「ここには野蛮さなど、みじんも感じられない」という判断をくだすのだった(1・30/31)。

「国王のため、大義や法律のため」という口実によって正義を振りかざすことを非難して、「羽ペンはインクに浸せば十分なのであり、血に浸すには及ばない」(3・1「役立つことと正しいことについて」)と断言した、モンテーニュならではだ。

## 5-4 野蛮人から文明人への眼差し

こちらの世界の退廃を知ることで、いずれ、自分たちの安息と幸福とが、どれほどの代償を支払うことになるのかも知らず、また、われわれとの関係から、自分たちの破滅が生じることも知らずに――いや、これはもうすでにずいぶん進行しているものと、わたしは推測しているのだけれど――、彼らのうちの三人は、あわれにも、珍奇なるものへの欲望にだまされて、われわれの土地を一目見んものと、穏和なる彼らの空のもとを離れて、ルーアンにやってきてしまった。今は亡き国王シャルル九世が、その地におられたときの話である。

(1・30/31「人食い人種について」)

フランス北部、ノルマンディ地方のルーアンは、新大陸との交易の中心都市であった。「ブラジル(蘇芳《すおう》)」と呼ばれる巨木が紅色染料用として珍重されたのだ(レリー『ブラジル旅行記』第一三章にも、詳しい説明がある)。一五五〇年一〇月には、新国王アンリ二世を讃える華麗なる入市式がこの都市で開催されて、新大陸から連れてこられた五〇人ものトゥピナンバ族が参加した「ブラジル祭」のスペクタクルが披露されている。その図版が残されていて、これをよく見ると、部族同士の模擬戦が演じられている。

このルーアンでモンテーニュが、シャルル九世と三人の「未開人」との会見に同席したのは、一二年後の一五六二年、ユグノーに支配されていたルーアンを奪還した際のことだった。「安息と幸福」の場所から「退廃」の世界へとやって来てしまった三人の「未開人」。そんな彼らに、フランスの生活スタイル、儀式、美しいルーアンの町を見せてから、感想を聞くと、次のような答えが返ってきたという。

アンリ２世のルーアンへの入市式（彩色挿絵，ルーアン市立図書館）．新王を迎えるため各都市が趣向を凝らしたが，ルーアンは新大陸への窓口であったため，ブラジルから連れてきたトゥピナンバ族のみならず，扮装した白人も加えて，大規模な模擬戦が森（左）や川辺で展開された．対岸がルーアン市内

彼らは、三つのことを答えた。三つ目は、残念ながらわたしは忘れてしまったのだが、残りの二つはまだ覚えている。彼らが答えるには、「まず第一に、王様のまわりには、武装して、ヒゲを生やした、ずいぶん体格のいい男たちがたくさんいて（どうやら、国王の警護にあたるスイス兵のことをいっているらしい）、そんな子供にひれ伏しているけれど、なぜ、自分たちのなかからだれか選んで支配者にしないのか、不思議でならない。第二に、あなたがたのなかには、あらゆる種類の豊かさを、あふれかえるほどに持ちあわせている連中がいる一方で、その〈半分〉（彼らのことばでは、おたがいに相手のことを〈半分〉と呼んでいるのだ）が、門口で乞食をして、飢えと貧しさとで骨と皮だけになっている。それ

なのに、この貧困にあえぐ〈半分〉が、このような不公平を耐えしのんで、他の〈半分〉ののど元につかみかかっていったり、その家に火を放ったりしないのが、不思議でたまらない」というのであった。

(1・30/31「人食い人種について」)

「未開人」による二つの感想は、とても興味深い。第一は、屈強な人々が、子供のような王に従っているけれど、世襲をやめて、なぜ自分たちで支配者を選ばないのかという疑問であった。これを聞いた弱冠一二歳のシャルル九世の心中はいかばかりであったのか。摂政のカトリーヌ・ド・メディシスも、同席していたのだろうか。いずれにせよ、モンテーニュはなにも伝えてはいない。

第二は、貧困にあえぎ、物乞いまで余儀なくされている「半分」が、なぜ富める「半分」に反抗して決起しないのかという疑問である。「自然の必要性に命じられた分しか望まず」、充足していて、貧富の差の少ない彼ら、そしてなによりも勇気と力を重んじる彼らが発した問いかけには、それなりの必然性が感じられる。モンテーニュは、「彼らはみな、……たんに一者の名の魔力にいくぶんか惑わされ、魅了されて、軛《くびき》の下に首を垂れている」、あるいは「なんたる不幸な悪徳か。無限の数の人々が、服従ではなく隷従するのを、統治されているのではなく圧政のもとに置かれているのを、目にするとは!」(山上浩嗣訳)といった、親友ラ・ボエシー『自発的隷従論』の一節を想起したかもしれない。

モンテーニュは通訳を介して、「王」と呼ばれている「未開人」に、上に立つ者の利益はなにかと問うてみた。すると「戦争のときに、先頭に立って進むことだ」との答えが返ってきた。彼らの支配者とは、勇敢に戦う者にほかならず、その権威はもっぱら戦時に限定され、平時の恩恵といえば、家来たちが自分のために「森の茂みを切り開いて、小道を造ってくれるから」、楽に歩けるのがありがたいのだという。要するに、さしたる特権も有してはいないらしいのだ。ちなみに、ナンビクワラ族を調査した、『エセー』の愛読者レヴィ＝ストロースも、「四世紀後に、まさしく同じ答えを得た」(『悲しき熱帯』二九)とびっくりしている。

未開人の答えに満足したモンテーニュは、「それにしても！　彼らときたら、半ズボンもはいていないのである」と述べて、「人食い人種について」の章を終える。この結語には、ズボンをはいているかどうか、あるいは衣服を着けているかどうかは、その人間の、はたまた、その人間が属する文化の優劣とは別個のものだという含みがあり、たとえば、次のことばとも響き合う。

人間を評価するのに、なぜすっぽり包んだままで評価するのか？　……台座は、彫像には含まれない。竹馬を外して、その人の身長を測らなくてはいけない。富や名誉を別にしておいて、下着だけの彼の姿を見せてくれなくてはいけない。……皇帝だって同じことで、その壮麗さが人々をまどわせるのだ。

(1・42「われわれのあいだの個人差について」)

この「竹馬」の比喩が、はるか遠く『エセー』の最終部において、「竹馬に乗ったとて、どっちみち自分の足で歩かなければいけない」(3・13「経験について」)として再登場する。モンテーニュの想念は、「次々と続いているのだが、遠く離れて続いている」(3・9「空しさについて」)のである。

そしてもうひとつ、「半ズボンもはいてない」というのは、もちろん「未開人」が裸であることを述べているのだけれど、よく考えてみれば、『エセー』はのっけから「読者に」で、こう述べていた。

ここには、わたしの欠点が、ありのままに読みとれるし、わたしの至らない点や自然の姿が、社会的な礼節の許すかぎりで、あからさまに描かれている。原初の自然の法にしたがって、いまだに幸福で自由な生き方をしているといわれる人々のなかで暮らしていたならば、わたしが、よろこんで、わが姿をまるごと、はだかのままに描いたであろうことは、きみに誓っていい。

「わたし」は妥協して、「社会的な礼節の許すかぎりで」、「わたし」を赤裸々に描いたけれど、本当は「自然状態」でわがヌードを描きたかったとでもいいたげではないか。

これは、かなり重要なことだと思うから、ほんの少しだけ補足しておく。たとえば美術史においては、画家による最初の裸の自画像という名誉は、アルブレヒト・デューラー(1471–1528)に帰せられる。彼は意識的な自画像を発明した画家とされ、一五〇三年頃のペン画など、幾度か自分のヌードを描いている。一三歳の時に描いたという最初の自画像——「これをわたしは鏡に映して一四八四年に描いた。まだ少年だった。アルブレヒト・デューラー」という有名な書き込みがある素描――以来、おのれの姿に執着した画家であって、ヌードも徹底しており、秘所をも含めてすべてを赤裸々に描き出している。

モンテーニュは、デューラーの同志なのである。

## 5-5　文明化と相互理解

われわれの世界は最近、もうひとつの別の世界を発見するに至った。……そして、このもうひとつの世界は、われわれの世界に劣らず、大きくて、満ちていて、頑丈な手足を有しているものの、あまりにも新しくて、子供なので、いまだにＡＢＣを教わっている段階だ。つい五〇年前までは、文字も、重量や寸法も、衣服も、麦もブドウも知らずにいた。そして、裸のまま、恵みの母の膝の上で、母たる自然から与えられるものだけで生きてきた。……もうひとつの別の世界は、われわれの世界が退場していくときに、やっとその光芒を現すことになるのだろう。すると全世界は半身不随で、片方の手足は利かなくなり、もう片方の手足がぴんぴんしていることになる。でも、わたしがすごく心配なのは、われわれが感化・伝染によって、この新世界の没落、崩壊をとても早めてしまうのではないか、われわれの考え方や技術を受け入れること

――で、大変な代償を払うことになるのではないかということだ。(3・6「馬車について」)

「馬車について」の章は、そのタイトルとは裏腹に「船酔い」と「恐怖心」の話題から始まる。搦め手から入るのは、モンテーニュの十八番だ。話はおもむろに、船から馬車や輿へと、さらにはライオンに車を牽かせたというマルクス・アントニウスから、支配者の気前の良さや公平さに、ローマ帝国の「パンとサーカス」へと移り変わっていく。たとえば、「種はまくべきもので、ばらまくべきものではない」、「君主の気前のよさが思慮分別や節度を欠くものであるなら、むしろ吝嗇家であるほうがいい」、「国王の徳とは、もっぱらその公平さにある」といった連打は、国王アンリ三世の散財・蕩尽を暗に批判している。

ともあれ、第三巻第六章は、とても入り組んだ構造をしている。「万華鏡」とか「カオス」などと形容されている、この章の「ふらついた足取り」(3・2「後悔について」)の魅力は、じっくりと読んで味わってもらうしかない。

冒頭の引用は、章の後半になって現れる。「もうひとつの別の世界」は、直後に「クスコやメキシコの都市」だと明示される。つまり、新世界といっても、ブラジルのトゥピナンバ族とは異なり、「文明」の段階に達した地域のことである。そうした新世界の文明が、ヨーロッパ文明の

「感化・伝染 contagion」によって崩壊を早めてしまうことをモンテーニュは危惧している。

もちろんこのコンテクストでは、すでに取り上げた拷問に代表されるような、「文明化」の逆説としての旧世界の「野蛮」な習慣を、新世界が受け入れてしまうのではないかといったニュアンスが強いのだろう。「卑しく、病んだような精神」との「交わりほど、蔓延しやすい伝染病はない」というのだから（3・8「話し合いの方法について」）。けれども、病気の伝染そのものも暗示されているにちがいない。

そういえばレヴィ゠ストロースは、さまざまな病気にやられて滅亡寸前のトゥピ゠カワイブ族の小集団を見て、かつてジャン・ド・レリーと同じ頃にこの地を訪れたアンドレ・テヴェが、「彼らはわれわれと同じ要素でできているのに、レプラにも、中風にも……どんな身体上の障害にも……まったく侵されていない」と、この部族を称賛していたことを思い出す。そして、テヴェは、自分たちが、こうした病気を伝染する先駆者になるとは、少しも想像していなかったのだと考えながら、熱帯の悲しき現実に嘆息するのだった（『悲しき熱帯』三二）。

ところでモンテーニュが、文明化という汚染にまつわる興味深い話を書き留めているから、紹介したい（2・37「子供が父親と似ることについて」）。

ピレネー山麓のラオンタン村 Lahontan（現在の人口は五〇〇人弱）は、周辺とは隔絶した「幸福な状態を維持」していて、諍いもなく、近隣の判事が呼ばれたこともなかったという。ところが、

「気高い野心」に駆られた父親が、近くの町で息子に「読み書きを習わせ」、村の公証人にならせたという。公証人は、なにかあると判事に訴えを起こすようにそそのかし、すべてが悪い方に変わっていった。「この小さな国家」は、外の世界との交わりにより変質してしまったのである。

やがて医者がこの土地に腰をすえた。それまでのニンニクの代わりに、「奇妙な混ぜ薬」が処方されるようになり、そのせいで「みんな、昔ほどの体力もなくなり、寿命も半分ほどに」なってしまったというのである。隠れ里にまつわる伝説のようなお話で、読むたびに不思議な気持ちになる。ところが、地元ラオンタン村のホームページを見ても、こんな言い伝えは存在しなかったのですといわんばかりに、モンテーニュの『エセー』についてなにも書かれていない。不可思議というしかない。

さて、話を新大陸に戻すとして、モンテーニュは、われわれ旧世界は新世界を「われわれのもつ優れた価値」や「正義や善意」によって、あるいは「寛仁大度なふるまい」によって支配したわけではないと述べる。「信心、掟を守る精神、善良さ、気前のよさ、忠誠心、正直さといったことに関しては、われわれはそうしたものを彼らほど持ち合わせていないことが、むしろとても役に立った」、われわれは「彼らの無知と経験のなさ」につけ込んで、欲得に動かされて残酷さを発揮した。多くの都市が破壊され、多くの民族が皆殺しにされ、世界でもっとも美しい土地が破壊しつくされたのだとして、これを「あさましい勝利」だと規定する。

キリスト教による「魂の征服」を大義名分とした新大陸の征服に関して、「野心や、国家・民族の敵意が、人間どうしをこれほど恐ろしい戦闘行為と惨禍に追いやったことは前代未聞」なのだとして、彼はこう悔やむのだった。

どうしてまた、この征服がアレクサンドロス大王とか、古代ギリシア・ローマ人たちの手で行われて、高貴なものとならなかったのか？　彼ら、すなわち、野蛮なところのある人々をゆっくりと洗練させて、その精神を開拓し、自然が新大陸の地で生み出したところの、よき種子をより強いものとして育て、農耕や都市の美化に対しても、西欧の技術を必要なものにかぎって導入し、さらに、この新世界という土地の本来の美徳に、ギリシア・ローマの美徳を加味してあげるような人々の手によって、どうして、これら多くの帝国や民族の大変革がなされなかったのだろうか？　残念でならない。われわれ旧世界の人間が、新世界で最初に示した行動とは模範となるべきものであって、われわれの美徳に対する感嘆の念と、模倣の気持ちを生み出して、彼らとわれわれとのあいだに、兄弟のごとき相互理解と友好関係が成立したならば、全世界にとって、どれほどの新規まき直しと改善がもたらされたことであろうか？　学びに飢えた、あれほどに新鮮な魂の持ち主で、ほとんどが、自然なままのすばらしい新人である彼らなのだから、これを地球のために役立てるのは、むずかしくなかったにちがいないのだ。

（3・6「馬車について」）

ギリシア・ローマという古典古代の「征服」が、はたしてそれほど高貴なものであったかどうか、わたしは知らない。しかしながら、モンテーニュをして、古典古代の「征服」を理想として思い描かせるほどに、大航海時代の征服・侵略は非人間的なものであった。

「モンテーニュを読み返しながら」という文章を収めたレヴィ＝ストロースの『大山猫の物語』が刊行されたのは、一九九一年、コロンブスによるアメリカ大陸発見五百年記念の前年であった。その序文でレヴィ＝ストロースは、ネイティヴ・アメリカンと白人との最初の接触に言及している。そして、前者が「他者への開かれた心」を示したのに対して、後者は「それとは正反対の心情に突き動かされていた」と指摘する。その上で彼は、この事実を認めることが、「心からの後悔と敬虔さ」の祈りを果たすことになるとも述べる。ここには、「相互理解」なき発見を悲しむモンテーニュの気持ちが受け継がれている。

コラム5
# モンテーニュの塔を訪ねる

モンテーニュのシャトー(城館)は、ボルドーワインの銘酒で名高いサン＝テミリオンに近い、サン＝ミシェル＝ド＝モンテーニュ Saint-Michel-de-Montaigne 村(現在の人口は三〇〇人ほど)にある。あたり一面はブドウ畑で、ワイン街道が走る。現在、城館はモンテーニュ家の手を離れて個人所有となっており、「モンテーニュの塔」だけが公開されている。もっとも最近は、予約すれば母屋の内部も見せてくれるらしい。

チケットを買って小道を進んでいくと、木立のあいだから城館の上部が見えてくる。めざす「モンテーニュの塔」が右端にある。城館をぐるりと囲む石塀の一角が円形の塔になっているのだ。「屋敷の片隅に位置して」、「田舎の書斎としてはとてもりっぱな」(2・17「うぬぼれについて」)書斎が、その塔のなかにある。

中庭に入ると、城館の全貌が姿を見せる。正面の扉には"Que sais-je?"と書かれているし、上方の窓のところにはモンテーニュのMのマークがあったりするから、後世の改修にちがいない。調べてみると、城館は一八八五年に火災で焼失し、再建されたとある。わたしが訪れた際にはロープが張ってあり、城館には近づけなかった。

モンテーニュの塔

さて、目指すは「モンテーニュの塔」、こちらは火災を免れたというから、モンテーニュが生きた時代の面影も、色濃く残っているにちがいない。一階は礼拝堂で、その豊かな

礼拝堂の聖ミカエルの壁画

色彩には驚かされる。天井には、みごとな青い星空が描かれていて、パドヴァのスクロヴェーニ礼拝堂天井のジョットの青を思い出した。壁面の一部がへこんで祭壇のようになり、そこに聖ミカエルによるドラゴン退治の壁画が描かれていた。聖ミカエルは、もちろん、ミシェル・ド・モンテーニュの守護聖人だ。残念ながら、壁画の保存状態はかなり悪い。

　石のらせん階段を上ると二階の寝室で、モンテーニュは昼間「ひとりになるために」(3・3「三つの交際について」)、母屋からやってくると、ここのベッドにごろんと寝ていたらしい。暖炉はマントルピースの一部が残っていて、よく見ると、これも彩色されていたことが分かる。意外に派手な部屋だったのかもしれない。暖炉の右手には、小さな隠し部屋があった。

　さて、お目当ての三階では、直径八メートルほどの、がらんとした丸い部屋が待ち受けていた。かつてのモンテーニュの書斎である。本人はこう説明している。

「図書室は円形で、わたしの机と椅子を置く場所だけは、壁面が直線になっている。ぐるっと円をなしているから、五段の書架にずらっと並んだ書物の数々が、一目で見渡せるという仕掛けだ。この部屋からは、三方の豊かな景色を見渡すことができて、直径にして一六歩分の広さがある。冬には、ここに長時間続けていることはあまりない。というのも、わたしの屋敷は、ぽつんとした丘の上にあって——名前もそこから来ているわけだが〔モンテーニュは「山 montagne」に由来する〕——、わが書斎ほど、吹きさらしになる部屋はないのだ。でも、この部屋までたどり着くのに、少々骨が折れることと、母屋から離れた場所にあることが気に入っている。ちょっとした運動にもなるし、自分を世間の人々から遠ざけることができるからだ。ここが、わたしの座席なのだ。わたしはこの座席に対する支配を、絶対的に純粋なものにするように、また、この一角だけは、夫婦や、親子や、世間という共同体からは引き離すように努力している」(3・3)。

子供ならば、「ぼくの秘密基地」と呼んだにちがいない、自分だけの密やかな空間をモンテーニュは確保した。自分を見つめるために、そして、古典と対話するために。「円形」の壁をぐるりと並んでいた「五段の書架」は、もはやない。かつて、その棚は、莫逆の友ラ・ボエシーから遺贈された書物もふくむ、多数の書物で埋めつくされていた。「ぐるりと千巻の書物を並べてある」(3・12「容貌について」)と書いているけれど、「千 mille」は「たくさんの」という意味かもしれず、正確な蔵書数は不明だ。そのモンテーニュの蔵書は、妻フランソワーズの死後、散逸した。ただし、タイトルページ下段のサインやテクストへの書き込みによって、モンテーニュ旧蔵本と判明したものもかなりあるし、新たな発見も報告されている(ルクレティウスなど)。いまもなお、どこかの図書館の棚に、モンテーニュ旧蔵本が発見を待って眠っているかもしれない。

本棚や蔵書がなくても、天井に目をやれば、モンテーニュが選んで、刻んだ格言の数々が残っている。エラスムス『格言集』がベストセラーとなり、ブリューゲルが《ネーデルラントの諺》(ベルリン国立美術館)を描いたことが示すように、この時代には俚諺・格言の集成が流行した。エリートたちは、知的・道徳的な意匠によって、自分を飾り、自分のアイデンティティを日々確認しようとしたのだ。「ユマニストの王者」エラスムスのアドバイスを思い出す。彼は「箴言、格言、名句など、短くても傑出した表現」について、これを日々拳々服膺すべく、「指輪や酒盃に彫り込むこと」や、「扉や壁の上部、窓ガラスに書き記しておくこと」を推奨していた(『学習計画』一五一一年)。モンテーニュは、この教えを書斎の天井で実践したのだ(第2章扉)。

摩滅して読めなくなってしまったものもあるけれど、合計六五の格言が確認されている。売店で、格言の原文に仏訳を添えた、図面入りのパンフレットを入手できる。それによると、ギリシア語のものが三〇、ラテン語が三五、どれもこれも古典古代の格言で、モンテーニュと同時代の人物による名句は、「われわれの精神は、暗闇のなかをさまよっている。盲目であるからして、真実を見分けることはできない」（原文はラテン語）という、ユマニストのミシェル・ド・ロピタルのものしかない。ここでは順不同で、いくつかの格言を挙げておく。なお、モンテーニュが出典を記している場合もあるが、そうでないことも多い。

・「わたしは動かない（判断を控える）」（セクストス・エンペイリコス）。序章でもふれたように、モンテーニュは一五七六年にメダルを作らせ、平衡状態の天秤の図柄に、この格言を添えた。そして『エセー』では、この格言を「クセジュ（わたしはなにを知っているのか）？」とフランス語の疑問文にして、「懐疑主義という考え方は、……疑問形で示せば、より確実にわかる」（2・12「レーモン・スボンの弁護」）と述べていた。モンテーニュの懐疑主義を象徴することばとして有名だ。セクストス・エンペイリコスは二世紀ギリシアの哲学者で、『ピュロン主義哲学の概要』ラテン語訳（一五七五年）などがモンテーニュに大きな影響を及ぼしている。「いかなる推論についても、それと同等の推論が対峙しうる」など、ほかにもセクストス・エンペイリコスからの引用が天井に刻まれている。

・「からっぽの革袋は息でふくらみ、思慮分別なき人間はうぬぼれでふくらむ」（ストバイオス『ギリシア名言集』）。ストバイオスは四―五世紀の人で、このギリシア選文集を息子のために編んだとされる。モンテーニュは、ギリシア語＝ラテン語対訳本を読んでいたらしく、ほかにもいくつか、天井の格言がストバイオスから引かれている。『エセー』でも、思い上がりで空しくふくらむ人間存在が、しばしば俎上に載せられるし、「うぬぼれについて」という章も存在する。

・「おまえの最後の日を恐れてはいけないし、望んでもいけない」（マルティアリス『エピグラム』）。

・「いたるところ空しい」。旧約聖書「コヘレトの言葉」（一の二）に「すべては空しい」とあるのを、少しだけ変えて刻んだ。「コヘレトの言葉」を自己流に書き換えた格言はほかにもあるし、『エセー』には「空しさについて」(3・9)という長い章がある。

・「自分を賢い者とうぬぼれてはなりません」(新約聖書「ローマの信徒への手紙」一二の一六)。

・「いまを心地よく享受するのだ。残りはおまえの外にあるのだから」。これは出典不明。モンテーニュの自作ともいわれるが、不思議はない。

書斎の天井に刻まれたこれらの名句・格言を、日々眺めてすごしたモンテーニュだが、決して引きこもりがちの書斎人ではなかったことを、ここでも強調しておきたい。「座らせておくと、眠ってしまう」(3・3)という彼の思考は、静と動との、内と外との往還により深まっていく。彼は、社会(世間)との交わりを否定した「隠者」ではなく、「世間」と「個人」とを峻別する必要を説き、これを実践した。この意味で近代的な考え方の持ち主といえる。

書斎の窓からの眺め

さて、「この部屋からは、三方の豊かな景色を見渡すことができ」(3・3)とあるように、三つの窓からの眺めはどれもすばらしい。書物を繙く手を休めて、窓辺に立って、豊かな自然をじっと眺めながら瞑想する彼の姿が目に浮かぶ。

あるいは彼は、書斎の隣の長方形の小部屋に行くこともあった。「引退の辞」(一一頁参照)は、この部屋の壁面に書かれている。実際に訪れてみれば納得できるが、その窓からは、「菜園、家畜小屋、中庭など、わが家のたいていの部分を見下ろせる」。領主モンテーニュ殿は、中庭で働く使用人たちを時々監視して、「おーい！　働けよ！」とかなんとか叫んで「家事の指図」をしてから、また書斎に戻ったにちがいない

(3・3)。なお、四方が壁画で埋めつくされているものの、剝落がひどく、正直なところ、主題も定かではない。小鳥がいる壁画の青と焦げ茶の画面を眺めていると、またしてもジョット、その《小鳥への説教》(アッシジ、聖フランチェスコ聖堂)を思い出した。

(「モンテーニュの塔」への行き方)

鉄道の最寄り駅は、ボルドー Bordeaux からサルラ Sarlat に向かうローカル線の Lamothe-Montravel だが、無人駅で、日に数本の列車が停車するだけ。したがって、パリのモンパルナス駅発のTGVでリブルヌ Libourne 駅まで行って、そこからタクシーで行くのがお薦め(片道二〇キロほど)。

ショップでは、「シャトー・ミシェル・ド・モンテーニュ」のワインをはじめとして、さまざまなお土産を販売している。もちろん、ワインの試飲も可。詳細は、公式サイト chateau-montaigne.com を参照。

(ボルドー市内のモニュメント)

「モンテーニュの家 Maison de Montaigne」25, Rue de la Rousselle. トラムC線 Porte de Bourgogne から近い。記念のプレートがあるものの、建物が公開されているわけではない。近くにはモンテーニュが勤めていたボルドー高等法院があったが、その建物は現存しない。

「モンテーニュの立像」Esplanade des Quinconces. トラムC線 Quinconce 下車。「カンコンス広場」に立つ大理石像だが、ボルドー出身のもう一人の偉人モンテスキュー(1689–1755)と向かい合っているのが興味深い。

(パリ市内のモニュメント)

「モンテーニュの銅像」。カルチエ・ラタンのソルボンヌの北側、rue des Écoles にある。高名な医学者・モンテーニュ学者で、「モンテーニュ友の会」の創設者でもあったアルマンゴー博士(1842–1935)により、一九三四年にパリ市に寄贈された。台座には、「子供のころから、わたしはパリに魅せられていた」以下、『エセー』3・9「空しさについて」におけるパリ礼賛の一節が抜粋されている。

# 第６章　人生を愛し，人生を耕す

## 「われわれはやはり，自分のお尻の上に座るしかない」

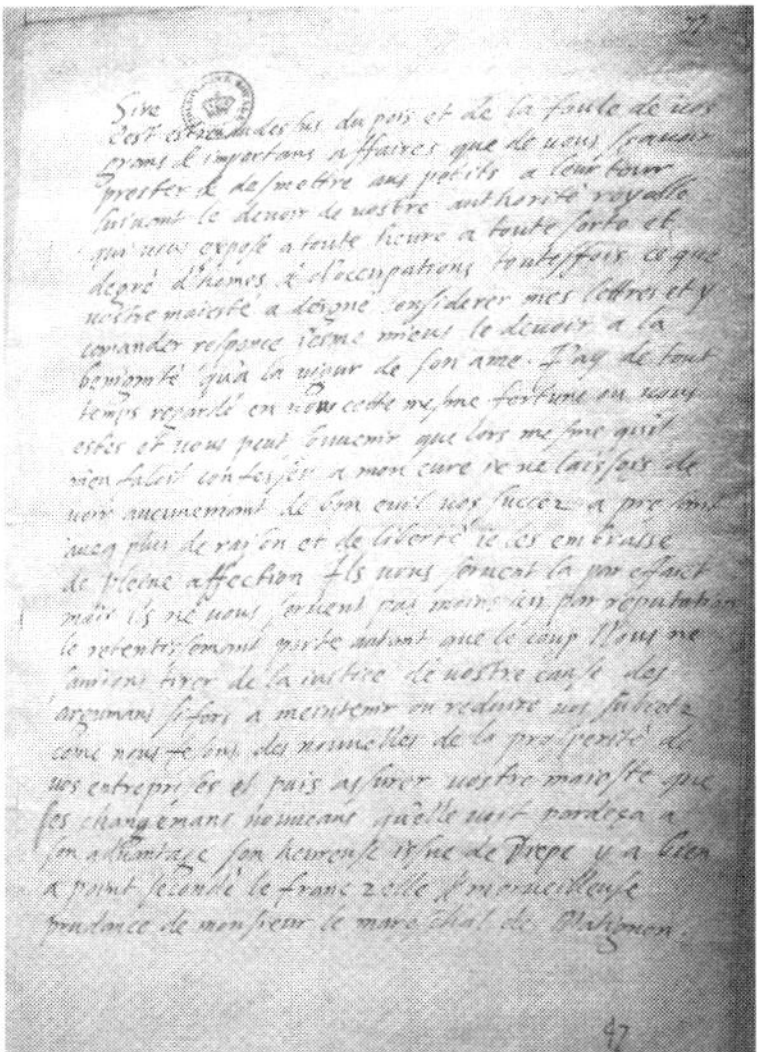

27

Sire
C'est estre au dessus du pois et de la foule de vos
grans & importans affaires que de vous sçavoir
prester & desmettre aus petits a leur tour
suivant le devoir de vostre authorité royalle
qui vous expose a toute heure a toute sorte et
degré d'homes & d'occupations toutesfois ce que
vostre maiesté a deigné considerer mes lettres et y
comander responce i'ayme mieus le devoir a la
benignité qu'a la vigur de son ame. J'ay de tout
temps regardé en vous cette mesme fortune ou vous
estes et vous peut souvenir que lors mesme qu'il
m'en faloit confesser a mon curé ie ne laissois de
voir aucunement de bon œil vos succez a present
avec plus de raison et de liberté ie les embrasse
de pleine affection Ils vous servent la par effect
mais ils ne vous servent pas moins icy par reputation
le retentissement porte autant que le coup Nous ne
saurions tirer de la iustice de vostre cause des
argumans si fors a meintenir ou reduire vos subiects
come nous faisons des nouvelles de la prosperité de
vos entreprises et puis asseurer vostre maiesté que
les changemans nouveaus qu'elle voit par deça a
son advantage son heureuse issue de Dieppe y a bien
a point secondé le franc zelle & merveilleuse
prudence de monsieur le mareschal de Matignon.

47

モンテーニュがアンリ４世に宛てた直筆書簡(1590年１月18日．パリ国立図書館)．即位を喜ぶとともに，会いに来いとのお言葉はありがたいが，健康がそれを許すでしょうか，と書いている

## 6-1　なにごとにも季節がある

《分別を見せて、頃合いのいいときに、老いた馬を放してやれ。ゴール近くなって、つまずいたり、息が上がったりして、物笑いにならないためにも》(ホラティウス『風刺詩集』)。自分のことを早めに自覚できず、年齢がおのずと心身にもたらす、衰弱や極度の変調を感じとれないという欠点のせいで、この世の偉大な人々のほとんどが評判を落としているのです。……みずから進んで屋敷に隠居して、気楽な身分となって、もはやその肩には重荷でしかないところの、公職やら軍職やらは、願い下げにすればよかったのにと思います。

(2・8「父親が子供に寄せる愛情について」)

この引用の前では、第1章でも紹介したように、「衣服が重荷で、むしろじゃまになったときには、理性がそれを脱ぐように命じている」という教訓を受け止めて息子のフェリペ二世に王位を譲った、神聖ローマ皇帝カール五世(スペイン王カルロス一世)のふるまいが讃えられる。ところがなかなか人間は、このようにはいかないものだ。とかく自分の能力を過信してしまい、身を引くタイミングを失いがちであって、晩節を汚すことも少なくない。

そうした老いによる判断ミスに関連して、彼は「人間の精神は、老いとともに、便秘をもよおして鈍くなる」(3・12「容貌について」)とスカトロジックな比喩を用いている。別にラブレーを見習ったわけではないのだろうが、むしろ爽快感をおぼえる名文句である。

モンテーニュの場合は、なにしろ現役の頃から「店の奥の部屋」(1・38/39「孤独について」)を大事にしていたし、自分自身を探求することがなにより重要だと考えてもいて、いわば早期退職の道を選択したのだった。そんな彼からすると、「わたしは、寝に行くまでは、洋服を脱ぐつもりはないぞ」という、世間の父親たちの口癖は不可解なものであって、「賢明な人ならば……洋服を脱ぐ気になってもおかしくないのです――肌着にまでとはいいませんが、暖かいナイトガウンぐらいになってもいいわけです」と物申している(2・8)。

まことによくわかる話だと思う。この章では、いわゆる老害も出てきて、詳細は略すけれども、最後に《知らぬが仏は、彼ばかり》と、テレンティウスの喜劇『兄弟』からきつい一発が引かれる(なお『兄弟』は、モリエール『亭主学校』の種本でもある)。

次は、「なにごとにも季節がある」(2・28)の一節から。

最大の悪徳とは、われわれの欲望が、たえず若返るということなのだ。……たとえ片足を墓穴につっこんでいても、われわれの欲望や探究は、次々と生まれてくるのだ。……〔しかしながらわたしは〕今はもう、終わらせることしか考えていないのだ。……そして、毎日、自分の持っているものを処分していくのだ。

いわば断捨離ということであろう。モンテーニュは、《賢い人間は、りっぱなおこないにさえ限度をもうける》と、ユウェナリス『風刺詩集』を引くことも忘れない。やはり「なにごとにも季節がある」という自覚を忘れてはいけないのだ。

もうひとつ、「経験について」(3・13)の一節などはどうだろうか。

わたしは、これからはもう走らないぞと決心している——ゆるりと歩くだけで十分なのだ。自分の肉体が、いつのまにか弱っているといって、嘆くこともない。

もちろん世間には、生涯現役たることを理想として、最後まで走り抜く人もたくさんいる。それはそれですばらしいことかもしれないものの、無理はやはり禁物であろう。モンテーニュはもう走らない、スローライフを選んだということだ。

もっとも、例によって、すぐにつじつまの合わないことを口にする御仁であるからして、同じ章で「わたしは踊るときは踊るし、眠るときは眠る。……こうした自然の定めにそむくのはまちがっている」(3・13)などとものたまう。『エセー』の終わり近い個所での発言だ。結局のところは、自然体で行かせてもらいますよという気持ちの表れなのであろう。

## 6-2 「愚鈍学派」でいこう

たとえば、チェスやテニスなどのゲームや、その他の似たようなたわいのない運動でさえも、勝ちたいという猛烈な欲望で熱くなって、激しく突っ込んでいくと、たちまちにして精神は分別をなくし、手足は乱れてくるではないか。人間は、自分で自分の目をくらまし、自縄自縛におちいるのだ。これに対して、勝ち負けに恬淡《てんたん》としている人は、つねに自分を失うことがない。むきにならず、熱くならないほど、ゲームを有利かつ確実に進められる。

(3・10「自分の意志を節約することについて」)

スポーツでは、かっと熱くなって自滅することがままある。逆に、ファイティング・スピリットが湧かずに負けてしまうこともあるから、熱くなることの是非はむずかしい。モンテーニュは、熱くならないほうが賢明ですよという。「自分の意志を節約することについて」というタイトルが物語るように、この章では、ある意味でストア派的な徳の価値が説かれている。

ストイックというと抑えるニュアンスが強いけれど、モンテーニュの場合は、むしろ「足るを知る」という方に近いと思う。だから彼は同じ章で、「自然に従うならば、事欠く人間などおらず、人間の考えに従うならば、すべての者が事欠くのだ」という賢者のことばを引く。これはエピクロスのことばらしく、セネカ『倫理書簡集』一六からの孫引きである。その少し前でも、「ことを早まると、おのずと足がもつれる」といって、セネカの《スピードそのものが邪魔をする》(『倫理書簡集』四四)が引用されている。本章の全体が、セネカから大幅にヒントを得ているのだ。

モンテーニュにとって、熱くなること、つまり激情は、スピードとほぼ同義ともいえる。《激情は、すべてを悪くする》(スタティウス『テーバイス』)と引いてから、むしろ恬淡として、「判断力や技量だけを用いる人のほうが、より楽しくことを運べる」とアドバイスしてくれる。

ちなみに、モンテーニュの父親ピエールはスポーツ万能で、その跳躍力などは語り草となっていた。なにしろ、「六〇歳をすぎても、われわれの敏捷性をあざ笑うかのごとくに、毛皮付きの服のままで、ぽんと馬に乗ったり、親指で支えただけで、ぽーんとテーブルの上を回ったりしたし、自室に上がっていくときにも、必ず、階段を三段か四段ずつ跳んでいく」(2・2「酔っ払うことについて」)のだから。ところが息子はといえば、走ること以外はだめで、テニスもへた、水泳、フェンシング、馬の曲乗り、跳躍などはからきしだめだったという。結石は遺伝しても、身体能力は遺伝しなかったらしい。

「自分の意志を節約することについて」の章では、モンテーニュが「勝利よりも敗北が、幸福感よりも苦悩が、輝かしいものとなっている」と称賛する人物が登場する。名指しはされていないが、「王」とあることから、モンテーニュとも交わりのあったアンリ・ド・ナヴァール(のちのアンリ四世)のこととされる。

その彼がモンテーニュに、「わたしだって、不幸なできごとの重大さは、人並みにわかっている。けれども、どうにも救いようがないできごとに対しては、ただちに、これを耐えるのだぞと決心をくだす。それ以外の場合ならば、必要な措置を命じてから……、その後の成り行きを静かに待つことにしている」と語ったのだ。王の「実に悠然として率直なところが保たれている姿」に深く感じ入ったモンテーニュは、先ほどの称賛を書きつける。

ひとこと付け加えておく。モンテーニュは、プロテスタント側の領袖であったアンリ・ド・ナヴァールと、シャルル九世やアンリ三世との仲介のような役回りを演じて、調停に尽くしたとされる。そうした折にも、「わたしの率直なもの言いが、いかにも単純素朴にして、無頓着に思えた」(3・1「役立つことと正しいことについて」)おかげもあって、自分という頼りない「調停人」も信用してもらえたと、少しく誇っている。

さて、「自足」といえば、当然ソクラテスが登場する。「ソクラテスは、高価な宝石や家具など、あふれんばかりの財産が町の中を盛大に運ばれていくのを見て、「ああ、わたしが欲しいとは思わないものが、ずいぶんたくさんあるものだ」といった」(3・10)というエピソードだ。

これはキケロが『トゥスクルム荘対談集』で、ディオゲネス・ラエルティオス『ギリシア哲学者列伝』から引いたものを、モンテーニュが孫引きしたということになっている。モンテーニュ自身のことばで言い換えるなら、「偶発的な、自己の外部にある幸福を……自分の主要な土台にしてはいけない」ということだろう。モンテーニュの心構えは、「付随的な幸福」を享受しているときも、それはもろいものなのだから、「自分から生まれた幸福だけで満足できますように」と、神さまに祈るところに存するのである(1・38/39「孤独について」)。

彼は新興貴族の長男として生まれ育ったわけだから、もちろん、ある程度裕福であったのだし、「わがままで、自己流にふるまう」ことも許される状況にあったと自覚している。恒産あればこそ、早期退職も可能なのだった。その際、彼が必要としたのが「自足することを知る能力」であり、彼はこれを「精神のコントロール」と言い換えてから、「神さまが気前よく、わが手中に収めてくださったところの、富・幸福を静かに享受すること」を心がけたのだった(2・17「うぬぼれについて」)。

家政をスムーズに運ぶための潤滑油と思い、少しぐらいのネコババなどには目をつぶっていたことは、別のところで紹介したが、彼は資産の増減なども、あまり気にしなかったらしい。「自分がのんきなせいで、かさんでしまった費用」を、「わが無頓着さの宿賃として」「帳簿の支出項目に入れておく」と語っているのが、いかにも彼らしい(2・17)。恬淡としたなまけ者、そして自己中心的な男なのだけれど、欲のない人間なのであった。

そして、これがもう一歩進めば、「愚鈍学派《エコール・ド・ベティーズ》」ということになろう。健康なのに、死の姿を思い浮かべては、すごくまずい食事をして、眉をひそめるなどというのは、もの知りの連中に任せておけばいい。ふつうの人々は、いざ、がつんとやられなければ、薬も慰めも必要とはしない。……愚鈍で、知性を欠くおかげで、民衆は目の前の不幸にも、あれほど辛抱強く、未来の災いに対しても、あれほど無頓着なのだとよくいうけれど、……ならば、誓って、これからは愚鈍学派をしっかり守っていこうではないか。

(3・12「容貌について」)

ピリピリと神経を張りつめていても、あまり良いことはない。これからは愚鈍学派で行きたいものだなと思う。

## 6-3　病気には道を開けてやれ

病気には、きちんと通り道を開けてやらないといけない。わたしなどは、むしろ病気に好き勝手にさせているから、病気のほうでも長居は無用ということにしてくれるのだと思う。……少しばかりは、自然のなすがままにさせておこうではないか。自然は、その仕事を、われわれよりわかっているのだから。……痛風も、結石も、消化不良も、人生行路が長いことのあかしにほかならない。そうした長旅には、雨風や炎暑はつきものではないか。(3・13「経験について」)

病気とは持ちつ持たれつで「共生」しようと、冗談まじりに述べている、なんとも愉快な個所。その前に、モンテーニュと医学の関係について、ごく簡単な説明をすると、彼は医者ぎらいで、それにはいくつかの理由があった。まず第一に、七二歳まで生きた父親をはじめとして、祖父も曽祖父も医者ぎらいにもかかわらず長生きしたという事実がある。

そして、もちろん医学そのものへの不信感が強い。医術に頼っていた末弟が、早死にしたという悲しい経験も大きかったのかもしれない。「医者たちときたら、病気を支配するだけでは満足せず、健康をも病気にしてしまって、われわれが一年中、彼らの権威から逃れられないようにしようとする。とにかく彼らは、こちらがいつも完全に健康であっても、将来の大病の論拠を引っぱり出してこようとするではないか」(2・37「子供が父親と似ることについて」)と、かなり手厳しい評価をしている。

しかしながら、温泉療法だけは例外であり、『旅日記』は各国の温泉の効能記録としても読める。詳しくはコラム3に譲ろう。お気に入りのトスカーナのデラ・ヴィッラ温泉には、二度にわたって長逗留しているものの、どうにもしっくりとこない日には、「医学とは、まったく空しいものだ」と嘆いてもいる。

そんな彼の結論は、「病気にさからった動きをすると、ますます病気をかき乱して、目覚めさせてしまう。そうではなくて、むしろ、日常生活のありかたを工夫することで、病気を少しずつ衰弱させて、終焉にまで導いていかなくてはいけない」(2・37)というものである。

「薬と病気との、激しいとっくみあいは、かならずわれわれの損になるのだ。……薬も頼みの援軍とはいいがたいばかりか、本来的にはわれわれの健康の敵であり、われわれの領土に入り込むときには、つねに混乱を伴わずにはいない」(2・37)という思考法なども、薬の副作用のことを思えば、それなりに納得がいく。

このような考え方から、「病気には、きちんと通り道を開けてやらないといけない」という冒頭の発言が出てくるのだ。間欠的にこの上ない激痛に襲われる腎臓結石という持病。この宿痾《しゅくあ》を抱えることとなったモンテーニュは、「想像力に手を貸して」、病気の存在をなんとかして自分に納得させようとする。『エセー』最終章の、それこそ最高の山場なのだけれど、拙訳で四ページ以上に及ぶから、全部は紹介できない。以下は、ほんの断片にすぎない。

わたしが結石なのは、自分のためにもいいことなのだ。わたしぐらいの年齢ともなれば、この肉体という建物だって、おのずからどこかにがたがくる。そろそろ、壊れはじめるころなのだ。だれにだって、老いは否応《いやおう》なしにおとずれるのだよ。自分だけに新たな奇蹟がおこるわけがないじゃないか。こうやって、老年が支払うべき家賃を払っているのだから、それを安くすまそうとしても、無理な相談なんだよ。……おまけに、この病気はな、偉い人々によろこんで取りつくともいうぞ。わたしなんぞ、その名誉ある仲間じゃないか。この病気の真骨頂はな、高貴にして、偉大なところなんだ。……

いいか、これはなあ、おまえがいちばんあやまちをしでかしてきた部位を襲う病気なんだぞ。おまえにだって、良心というものがあるはずだ。《その罰が不当なものなら、苦痛でしかない》(オウィディウス『名高き女たちの手紙』)けどな。でも、この罰をとくと見るがいい。……ずいぶんとお出ましが遅かったじゃないか。おまえの人生が、いやおうなしに、荒涼として、実りのない季節を迎えようという頃合いを、ちゃんとみはからって、おまえを不如意にしたという次第。まるで示し合わせたみたいだぞ。……とげとげのある石で小便をせき止められて、ちんぼこに、突き刺すような、ひっかくような、猛烈な痛みを感じながら、おまえは、ふだんと少しも変わらない調子で、一座の人々と談笑して、ときおり召使いと冗談までかわし、堅苦しい話題にも加わっている。そして、本当は痛くて、痛くてたまらないくせに、〈いや、大した痛みではないいんですよ〉なんて、弁解までしている。……おまえは病気だから死ぬのではなくて、生きているからこそ、死ぬんだよ。病気という手助けがなくたって、死は、おまえをしっかりと殺すんだぞ。……それに、結石のおかげで、まぢかに迫った死の姿が拝めるというなら、それは、おまえみたいな年齢の人間に、人間の最期について考えさせてくれるのだから、なんとも親切なことというしかない。……それに考えてもみろよ、結石というのはな、なんとも巧みに、おまえが人生に嫌気をさすようにさせてくれて、じわりじわりと人生から引き離していってくださるんだ。ほかの老人病なんかとはちがってな、ひっきりなしに衰弱させ、痛めつけて、相手をがんじがらめにして、暴君のように服従を強いてやろうなんて、これっぽっちも思いやしない。ほどよい間隔をおいて、警告やら教訓やらを与えてくださる。……おまけに、とても快適な生活と、耐えがたい生活とを、一日のなかでちゃんと示してくれる。そしておまえは、死を抱擁することはないけれど、少なくとも月に一度ぐらいは、その手のひらにさわっているじゃないか。……ある朝、いつのまにか、おまえは、自信満々で三途《さんず》の川を渡りきっていたなんてことだってあるかもしれないぞ。いいか、病気だって、時間というものを、健康と公平に分けあっているのだから、病気だ、病気だなんて、ぐちをいっちゃあ、おしまいよ。

（3・13「経験について」）

最後はフーテンの寅さん風に訳してみたが、なにもいうことなしの大傑作だと、読むたびに思うし、われわれに元気を与えてもくれる。モンテーニュは、このようにして、良い意味で自分をごまかし、慰めることを、「傷口に軟膏を塗ってやろうと試みる」ことと表現している。そうなのだ、「もしも明日、傷が悪化したら、また別の逃げ道をこしらえてやればいいではないか」(3・13)。

## 6-4 老いること、死ぬこと

神様から、生命を少しずつ差し引かれている人間は、主の恵みに浴しているのであって、これこそ、老年を迎えての、唯一の恩恵ではないのか。最期の死が訪れても、その死は、それだけ希薄にして、苦痛も少ないものと思われる——もはや人間の半分、いや四分の一ぐらいしか殺さないのではないのか。ほら、こうして今も、わたしの歯が一本、なんの苦痛も苦労もなしに抜け落ちたところだ。その歯は、自然の寿命をまっとうしたのである。……実のところ、わたしは、自分の死が正しく、自然な死だと思い、今後、運命に対して、特別のはからいを求めたり、期待するとしても、それは不正なものにきまっていると考えて、大いになぐさめられているのだ。……《自然にしたがって起こることは、善のなかに数えられるべき》(キケロ『老年について』)なのである。

(3・13「経験について」)

冷静に考えれば納得できるように、われわれは生まれ落ちた日から、いつ起こるかわからない死に向かって少しずつ進んで行く。老年ともなれば、死を間近に感じて不安になるのが人情だとはいえ、でも、自分はもうかなり死んでいると開き直って、実際の死は自分の四分の一ぐらいしか殺さないと考えれば、少しは気が楽になる。そして、歯がぽろっと抜け落ちたことを素直に受け止めて、この「経験」あるいは「実習」を経て、死へと向かおうではないかということだろう。

その「老い」だけれど、「亀の甲より、年の功」ということわざもあるように、長年の経験でもって、人は賢くなるというイメージがある。しかし、モンテーニュはそのような美化はおこなわず、前にも紹介したように「人間の精神は、老いとともに、便秘をもよおして鈍くなる」(3・12「容貌について」)と、老いによる精神の衰えを、巧みな比喩とともに引き受けようとする。そして、「わたしは何歳も年をとった。でも、少しでも賢くなったかといえば、それは疑わしい」(3・9「空しさについて」)と、潔く認めるのだ。彼によるならば、老いとは「顔よりも、精神に、たくさんの皺《しわ》をつける」(3・2「後悔について」)のである。

そうした老いを予防しようとしてがんばっても、いやおうなしに人間に老いは訪れる。ならば、いっそのこと、老いを自然体で受け入れようではないかというのが、彼の考え方である。したがって彼は、「老いを受け入れた醜さは、……塗りたくったり、すべすべにした老いよりも、老いぼれてもいなければ、醜悪でもない」(3・5「ウェルギリウスの詩句について」)という。わざとらしい美を嫌うのだ。老いを素直に受け入れて生きることが、モンテーニュにとっての美しく老いることにほかならない。

こうしてモンテーニュは「自然」の口から、次のようにもいわせている。熟読玩味に値する個所なので、ここも少し長く引用する。

この世に入ってきたのと同じようにして、この世から出ていきなさい。苦しみも恐怖もなく、死から生へと通り抜けてきた道を、さあ今度は、生から死へと通っていくのだ。おまえたちの死は、宇宙の秩序のひとこまなのだから。それは世界の生命のひとこまなのだ。《死すべき存在である人間は、おたがいに貸し借りしながら生きている。あたかも走者が生命の松明《たいまつ》でも受け渡すように》(ルクレティウス『事物の本性について』)。ものごとの、このような美しい仕組みを、おまえのために変えるわけにはいかない。いいかい、死というのは、おまえを創造したときの条件なんだ、それは、おまえの一部なんだよ。……おまえが享受している、この存在というのはな、生と死に等しく分割されている。……《われわれは生まれながら、死んでいる。最初のところに、終わりがぶらさがっている》(マニリウス『天文詩集』)んだよ。……人生を大いに謳歌したというなら、もうたらふくいただいたのだから、満足して立ち去るがいい。《なぜ、たっぷりと食べた客のように、人生から立ち去らないのか》(ルクレティウス『事物の本性について』)。

(1・19/20「哲学することとは、死に方を学ぶこと」)

とはいえ、人間は、こういわれても、なかなか素直に納得できるものではないのも事実であろうものの、モンテーニュは、このように納得することで、「自然が、われわれの目から消滅と退行を隠してくれる」というふうに発想する。そして、「おまえの人生がどこで終わろうと、それで全部なのだ。人生の有用性とは、その長さにではなく、使い方にある。長く生きても、少しだけしか生きなかった者もいる」と「自然」にいわせて、十全に生きることの大切さを説く(1・19/20)。自然とは「やさしい案内人」(3・13)なのである。そこで、こうも述べる。

わたしはどうかというなら、人生を愛しているし、神さまが授けてくださったままの人生を耕している。食べたり飲んだりする欲求などないほうがよかったなどとは、いつだって願いはしない。それどころか、そうした欲求が倍になればいいのにと願ったとしても、それぐらいの罪ならば許してもらえるぐらいにまで思っている。……つまり、肉体が欲望や快感を感じなくていいなどとは思わないのであって、……自然がわたしのためにしてくれたことを、わたしは心から、感謝を込めて受けとるのであり、このことを喜び、わが身を祝福するのだ。……哲学の所説にはいろいろとあるけれど、わたしが心からわがものにしたいのは、もっとも実質のあるもの、つまり、もっとも人間的で、われわれにふさわしいものである。

（3・13「経験について」）

モンテーニュからすると、人間が生きていく上で、最低限のものを「自然」と称して、それだけでつましく生きなさいといわれても困るのだ。「われわれ人間には、もう少し余計に認めて」（3・10「自分の意志を節約することについて」）くださいというのが、彼の本音なのである。自然体とかいっても、窮屈な自然は勘弁してください、わたしは肉体的な快楽を蔑視するなどまっぴらです、このような条件でもって、「人生に、ふんわりとした平静さを与えて」（1・19/20）、愛すべき人生を生き、そして死んでいきますからといいたいのだと思う。

なんのかんの理屈をいったって、われわれは授かった人生を一生懸命に耕すしかない。そうすれば、「キャベツかなんかを植えていて、死ぬこととか、ましてや、未完成のわが菜園のことなど、全然気にもしていないときに、死が迎えにきて」（1・19/20）くれるかもしれない。これはひとつのみごとな境地であろう。

これは余談だけれど、フランス語には「自分のキャベツを植えに行く aller planter ses choux」という表現があって、田舎にひきこもる、隠居する、といった意味で使われる。ひょっとしたら『エセー』のこの個所が起源かもしれないとも思う。

繰り返しになるものの、「人間はだれでも、人間としての存在の完全なかたちを備えている」

（3・2「後悔について」）ことを忘れず、このことに誇りを持ちたい。『エセー』の終わりに次のような堂々たる発言が出てくるのも、当然なのである。

自分の存在を、正しく楽しむことができるというのは、ほとんど神のような、絶対的な完成なのだ。われわれは、自分自身のありようをいかに使いこなすのかわからないから、他の存在を探し求めるのだし、自分の内側を知らないために、自分の外側に出ようとする。でも、そうした竹馬に乗ってもどうにもならない。竹馬に乗ったとて、どっちみち自分の足で歩かなければいけないではないか。いや、世界でいちばん高い玉座の上にあがったとしても、われわれはやはり、自分のお尻の上に座るしかない。

もっともすばらしい生活とは、わたしが思うに、ありふれた、人間的なかたちに、ぴったり合ったもの、秩序はあるけれど、奇蹟とか、逸脱や過剰はないようなものである。

（3・13「経験について」）

モンテーニュは、人間が個人としてかけがえのない存在、還元不可能な存在であることを実感して、そのことを書きつけた、最初の人物ではないのか。このことを胸に刻みつけて、自己の内側を見つめながら、自分という存在を正しく享受して、老いていきたいものである。

コラム6
## モンテーニュというライバル
### ――パスカル、ルソーなど

**パスカルの場合**

岩波文庫版『パンセ』の索引でモンテーニュを引くと一八もあって、アウグスティヌスの一〇よりはるかに多い。ブレーズ・パスカル(1623-1662)がモンテーニュに負うところはとても大きい。パスカルは、モンテーニュ『エセー』の思考を糧として、いわばこれを領有しているのだ。たとえば、次の一節。

「私たちが目にするのは、いかなる正義であれ不正であれ、土地が変われば、その性質も変わることである。緯度が三度上がれば、法律の全体が引っくり返される。……川一筋によって区切られる滑稽な正義よ。ピレネー山脈のこちら側では真実、あちら側では誤り」(『パンセ』60、塩川徹也訳。以下同)。

法律や正義の相対性を、ピレネー山脈という固有名詞を使って巧みに表現しているのだが、種本は『エセー』、次の個所だ。

「法律ほど、不断の動揺にさらされるものはない。……わたしは、そのような融通のきく判断力をもつことはできない。昨日はもてはやされていたのに、明日はもはやそうではない善とは、川一本越すと犯罪になる善とは、はたしてなにだろうか? 山が境界をなして、山の向こう側では虚偽となるような真理とは、いかなるものだというのか?」(2・12「レーモン・スボンの弁護」)。

もうひとつ実例を。「われを忘れたい、人間であることから逃げ出したいと願っている人々がいる。でも、そんなことはもってのほかだ。天使に変身しようとしても、けものに変身してしまう――高く舞い上がるかわりに、どさっと倒れこむのが落ちなのである」(3・13「経験について」)という『エセー』の一節は、「人間は天使でも獣でもない。そして不幸なことに、天使になろうとすると、獣になってしまう」(『パンセ』678)と、コンパクトな箴言に変身する。モンテーニュがゆるゆると書き記したことを、鋭利な表現に凝縮して強烈なインパクトを与える。それがパスカルの魅力だ。

「モンテーニュのうちに私が見てとること、そのすべてを私は、モンテーニュのうちにではなく、私自身のうちに見出す」(『パンセ』689)という発言は、真理や理性は公共財で、「ミツバチは、あちこちの花をあさって、そのあとから蜜を作りますが、それはすべて彼らのもの」(1・25/26「子供たちの教育について」)という個所とも呼応し、パスカルは自分が決して二番煎じではないことを力説する。その上で、彼はモンテーニュを批判する。モンテーニュが、「わたし」という主題を、「自分なりの人間的考察」として、「神にしたがって信じたことということわけではなく」、「このわたしが、自分なりに思考したこと」(1・56「祈りについて」)として提示していくことが許せないのだ。このことに関して、「わたしは、この主題について、現存する人間のなかではもっとも造詣が深いのだ」(3・2「後悔について」)と、モンテーニュが半分ふざけて豪語するものだから、ますます許しがたくもなる。

パスカルのモンテーニュ批判としてもっとも有名なのが、次の一節だ。「自分で自分を描こうとするとは、なんと愚かな企てか。それも、よくあるように、たまたま自分の主義主張に反してするというのならともかく、自分自身の主義主張に従って、第一のしかも主要な目標にするとは。たまたま出来心で愚にもつかぬことを語るのは、よくある欠陥だ。しかしわざわざ語るというのは、我慢ならない」(『パンセ』780)。

「自分が傲慢、野心、欲心、弱さ、みじめさ、不正の巣であることを自覚していなければ、よほどの盲目だ」(『パンセ』596)とか、「〈私〉とは憎むべきもの」(同597)、「唯一の真の美徳は、おのれを憎むこと」(同564)と繰り返し述べるパスカルからすると、モンテーニュが確信犯として自分のことを描くのは、はしたなく、看過できなかった。

でも、モンテーニュにとっては、そうした批判も想定内であったと思う。まるでパスカルが「〔モンテーニュに〕自分のことを語り過ぎるということを注意してやりさえすればよかった」(『パンセ』649)と書くことを予期していたかのごとく、モンテーニュは、「人々に、おまえは自分のことをしゃべりすぎるぞと不満をいわれても、わたしとすれば、彼らこそ、自分のことさえ考えないくせにと、逆にいってやりたいくらいなのである」(3・2)と先手を打っているではないか。

もうひとつ、グルネー嬢の名前が出る個所を挙げよう。


「モンテーニュの欠陥は大きい。みだらな言葉。グルネー嬢が何と言おうと、それはまったく無価値だ。……人生のいくつかの機会において、彼がいささか放縦で好色な考えをもつこと——七三〇、三三一——は大目に見てもよい。しかし死に関して、彼がまったく異教徒のような考えを抱いていることは赦せない。……彼は、著書の全編にわたって、だらしなく軟弱に死ぬことしか考えていない」(『パンセ』680)。

「みだらな言葉」は、性的な話題や告白が披露される「ウェルギリウスの詩句について」(3・5)のことが念頭にあるのだろう。たしかに、ここでのモンテーニュは、みずからの性についてきわめて赤裸々に語っていて、わたしも初めて読んだときにはびっくりした。たとえば一五九五年に、カルヴァン派の牙城ジュネーヴで刊行された『エセー』の海賊版では、当局の検閲により、この章を筆頭に合計一一もの章が削除されているという。また、一六七六年に『エセー』が禁書目録に入れられたのも、こうした理由があったのかもしれない(禁書処分の停止は一八五四年)。

ところがグルネー嬢は、パスカルが愛読した一六五二年年版『エセー』にも収録されている長い「序文」でモンテーニュを擁護しているのだから、パスカルはかちんと来たに相違ない。なお、右の『パンセ』の「七三〇、三三一」という数字は、パスカル所有の『エセー』のページを示している(詳しくは岩波文庫の注を参照)。

それにしても、「だらしなく軟弱に」死んではだめなのだろうか、それでいいじゃないかと、わたしなどは思ってしまう。生き方に厳しい人は、死に方にも厳しいということだろう。いずれにせよ、モンテーニュ派とパスカル派は、あまり相性が良くはない。

パスカルと同じくジャンセニストのアントワーヌ・アルノーとピエール・ニコルも、モンテーニュの自己描写に関して、こう非難する。

「紳士(オネットム)としてまことにふさわしからざる性格のひとつとは、モンテーニュが読者たちに、自分の気質、傾向、気まぐれ、病気、長所、欠点しか語らないふりをしたことだ。……彼が自分の欠点について語るのは、それを読者に知らせるためであって、それを嫌わせるためではない。彼はそのことで、自分を評価すべきだといってはいない。だが彼は、そうした欠点をほとんどどうでもいいようなことのようにという か、恥ずべきことというよりも、むしろ気の利いたことのように見ている」(アルノーとニコル『ポール゠ロワイヤルの論理学』一六六二年)。

哲学者マルブランシュも、モンテーニュが『エセー』の序文「読者に」で、「親族や友人たち」にこの本を捧げていることに文句をつけ、「これは彼の虚栄心のばかげた口実」にすぎないとして、ならば「なぜ三回も版を重ねたのか」、「一回だけで十分だろうに」と非難する(『真理の探究』一六七四―一六七八年)。

私見では、こうした序文は「装われた謙遜」というレトリックで、昔からよく見られるスタイルなのだが、マルブランシュはなんとも厳しく、キリスト教の謙譲の美徳にも反するとして、「自分のことをしばしば語るのはひとつの欠点だが、モンテーニュがしたように、のべつ自慢するのは一種の狂気だ」とまで断言する。大した毒舌で、さしものモンテーニュも、ここまでは予想できなかっただろう。

しかしながら、啓蒙主義者ヴォルテールが反撃する。『哲学書簡』(一七三四年)の第二五信「パスカル氏の『パンセ』について」で、「自分で自分を描こうとするとは、なんと愚かな企てか」以下の『パンセ』の断章に関して、こう茶々を入れる。

「モンテーニュがしたような、素直に自分を描くというすばらしい企て! なぜならば、彼は人間性を描いたのだから。そしてニコル、マルブランシュ、パスカルの、モンテーニュをこきおろすという情けない企て!」

やがてルソーが、「素直に自分を描くというすばらしい企て」を批判的に継承する。

## ルソーの場合

『エセー』はルソーの枕頭の書で、いくつもの作品に『エセー』の影が立ち現れる。

「わたしは前例のない計画を立てているのだが、これを真似て実際にやるような人間は、今後も現れないであろう。わたしは、ある一人の人間の自然のままの真実の姿を、わが同類に向かって見せてやりたいのだけれど、その人間とは、このわたしなのだから」という『告白』の書き出しからして、明らかに『エセー』を意識している。

そして、モンテーニュが『エセー』の「読者に」で、「ここには、わたしの欠点が、ありのままに読みとれるし、わたしの至らない点や自然の姿が、社会的な礼節の許すかぎりで、あからさまに描かれている。……つまり、読者よ、わたし自身が、わたしの本の題材なのだ」と言い放ったものだから、『告白』「ヌーシャテル草稿」の「序文」で、ルソーは皮肉たっぷりに書く。

「ある人間の生涯を書けるのは、その本人だけだ。その内面のあり方とか、本当の生きざまは本人しか知らないことだ。けれども、生涯を書くことで、彼はそれを偽ってしまう。生涯という名のもとに、彼は自分の弁明をしてしまう。つまり、自分が見られたいと思うように、自分の姿を見せるのであって、ありのままの自分など少しも見せないのだ。もっとも誠実な人間であっても、せいぜいが、自分が述べることにおいて本当であるにすぎず、故意の言い落としによって、嘘をついているのだ。……本当のことを語りながら人を欺こうとする、こうした偽の誠実家の筆頭に、わたしはモンテーニュを置く。彼は欠点のある自分の姿を見せてはいるものの、愛すべき欠点しか示していない。おぞましい欠点のない人間など、いないはずなのだ。モンテーニュはそっくりの自分を描いているけれど、それは横顔にすぎない。われわれに隠している側の頬に切り傷があったり、はたまた、片方の眼がつぶれていたりして、その人相がすっかり変わっているかもしれないではないか」。

いやはや、よくもここまで突っかかるなとも思うが、自分のことを「告白」するにあたっては、それだけモンテーニュという存在が大きく、差異化する必要があったのだ。ちなみに『告白』には「ジュネーヴ草稿」と「パリ草稿」という二つの完全草稿があることは、文学史や翻訳の解説などにも書かれている。けれども、この「ヌーシャテル草稿」は不完全であるためか、専門家以外にはあまり知られていない。しかしながら、モンテーニュを読む人間にとっては、この「序文」の存在もあって、最初に書かれたというこの草稿がもっとも興味深い。

さて、未刊の遺作『孤独な散歩者の夢想』の「第一の散歩」では、この作品を「わが夢想の形をなさない（アンフォルム）日記」と定義しているが、これなど実にモンテーニュ的だ。「わたしもここで、形が定まらなくて（アンフォルム）、結論の出ていない考えを提示したい」（1・56「祈りについて」）とか、「人間の精神は、形のない（アンフォルム）、果てしない思考のなかをさまよっていては自己を支えることはできず」（2・12「レーモン・スボンの弁護」）といった個所に触発されたのではないのか。

そしてルソーは、「自分の心に気圧計（バロメートル）を付けてみよう」と決意を述べている。この「気圧計」も、「わたしがこうして、やたらに書き散らした寄せ集めの文章は、わが人生の試みの記録簿（ルジストル）にすぎない」（3・13「経験について」）とか、「ここにあるのは、さまざまに変転するできごとと、ときとして矛盾した不安定な思考の記録（コントルロール）である」（3・2「後悔について」）の変奏のように感じられる。事実、彼はそれに続く部分でモンテーニュの名前を挙げて、差異化をはかる。

「試みとしては、モンテーニュと同じだが、その目的は、モンテーニュとは正反対だ。というのも、モンテーニュは、もっぱら他人のために『エセー』を書いたが、わたしはもっぱら自分のために夢想を書くのだから」(「第一の散歩」)。

モンテーニュが『エセー』「読者に」で、「わたしは、親族や友人たちの個人的な便宜のために、この本を捧げたのである。……世間で評判になりたいのならば、わたしだって、もっと技巧をこらし、きらびやかに身を飾ったにちがいない」と明言しているのに、こんな序文はポーズに過ぎないとばかりに、ルソーは、自分は『エセー』の作者とはちがうのだ、自分こそが、初めて自分のために夢想を書き記すと、宣言するのだった。

パスカルにしても、ルソーにしても、モンテーニュの『エセー』が出発点にしてライバルなのだった。

# 第７章　「エッセイ」というスタイル
## 「風に吹かれるままに」

モンテーニュの塔．３階が書斎

## 7-1　探りを入れる、彷徨する

判断力は、どのような主題にでも通用する道具であって、どこにでも入りこんでいく。したがって、今している、この判断力の試みにおいても、わたしは、あらゆる種類の機会を用いるようにしている。自分に少しもわからない主題ならば、まさにそれに対して判断力を試してみて、その浅瀬に遠くから探りを入れて、それから、どうも自分の背丈には深すぎるようだと思えば、川岸にとどまるのだ。……他人の足跡の上を歩くことしかできず、なにも独自のものなど見いだせないような主題の方に判断力を引っぱりだすこともある。すると判断力は、自分に最良と思われる道を選び出すような働きをおこなって、数多くの道のなかから、これが、いやこれが、いちばんよいから選んだなどといってくれる。

（1・50「デモクリトスとヘラクレイトスについて」）

「エセー」の定義として、もっとも有名な個所である。さまざまな対象と接する機会をみずからに与えて、そこで「判断力」を実践するという「試み《エセー》」が、『エセー』という作品の企てなのですと説明してくれる。「浅瀬に遠くから探りを入れる」など、モンテーニュならではの巧みな比喩が使われていて、読む側もイメージがくっきりと刻まれるのではないだろうか。

この章を、もう少し読み進めてみる。

わたしは、運まかせに、とにかく手近の主題を取り上げる。……でも、それらを全部まるごと扱おうと、考えたりはしない。というのも、なにごとにつけ、わたしには全体などは見えはしないのだ。……それぞれの事物が有する百の手足や顔のうちから、ひとつだけを手にして、ただなめたり、軽くさわったり、たまには、骨に届くまでぐっとつかんだりする。それも、できるだけ広くということではなくて、できるだけ深く突いてみるのだ。

（1・50「デモクリトスとヘラクレイトスについて」）

とにかく身近なテーマを選んで、あれやこれやといじくりまわしますよ、どうせわたしには全体像は無理な話ですから、というのだ。だから、ひとつの主題に真剣に取り組む義務もなければ、そのことで自分を縛る必要もないのだし、「疑問や不確実性に、そして無知という、わが原形に降参してもかまわない」と宣言して、ある意味で開き直っている。

で、そうした主題――その最大のものが「わたし自身」ということなのだが――に立ち向かうときの心構えなのだけれど、「なにしろ相手ときたら、生まれながらの酔っぱらいであって、もうろうとして、ふらついた足取りで進んでいくではないか」と、対象の不安定さを引き合いに出す。そこで、自分としても、対象とかかわる瞬間の姿を把握するしかないと申し開きをしてから、「つまり存在を描くのではなくて、推移を描くのだ」という有名なフレーズを口にする（3・2「後悔について」）。『エセー』のスタイルとは、このようなものだ。

なお、主題に探りを入れて、「瀬踏み《ソンデ》や小手調べ《エセイエ》」を行うことに関しては、「熊が子熊をなめ回しながら、じっくりと時間をかけて育てていくように、それを何度も何度もいじくって磨いていくうちに、少しずつ形ができていく」（2・12「レーモン・スボンの弁護」）という喩えもあって、忘れがたいものの、これはプルタルコス『モラリア』「子供への情愛について」からの借用である。

手近の主題の極致である「わたし」というテーマについては、彼は自信満々で、もちろん冗談半分だが、「なにしろ、わたしは、この主題について、現存する人間のなかではもっとも造詣が深いのだから。これまでだれも、わたしみたいに、自分という素材の奥まで入り込んだことはなかったし、……自分が定めた目標に、わたしほど正確に、また確実に到達できた人間はいない。……ここには、もっとも真摯にして、純粋な忠実さが見出せる」（3・2）と豪語していて、ここなどは読むたびに愉快な気分になる。とはいえ、コラム6でふれたように、パスカルも、ルソーも、このような個所にはさぞかしカチンと来たにちがいないのだ。

したがって、『エセー』というテクストには、あとでもふれるように、付け加えや脱線が目立つ。モンテーニュ自身、「ぴったりとは合わない寄せ木細工」(3・9「空しさについて」)と形容しているごとく、パッチワーク的な作品なのである。

「好みのままに、左へ、右へ、上に、下にと、その時々の風に吹かれるままに、あちこちの方角に運ばれていく。自分がなにをほしいのかは、その瞬間になって、はじめて思いつく」という、人間の通常の行動を説明した表現は、そのまま『エセー』の書法に当てはまる。自由自在な、あるいは勝手気ままな『エセー』というテクストのことを、モンテーニュは「置かれた場所に応じて色が変わる、あの動物みたいだ」とも書いている(2・1「われわれの行為の移ろいやすさについて」)。そう、『エセー』とはカメレオン的な作品なのである(4―3で、ユマニスムとカメレオンに言及したことと連接する)。

## 7―2 引用する、借用する、書き換える

読んだことがなくても、プラトンとかホメロスを引き合いに出す連中もいるように、このわたしも、引用文を、原典以外の場所から引っぱってきたことも多い。わたしがいま、こうやってこの本を書いている場所には、周囲にぐるりと千巻の書物を並べてあるから、しようと思えば

すぐにでも、ふだんはほとんどページをめくったこともないところの、一ダースばかりの、この種の編纂者の書物から、この「容貌について」という章にちりばめるための文章ぐらい借りてくるのは朝飯前だ。……こうしてわれわれは、愚かな世間をだますのにおあつらえ向きの、おいしい名誉を探索しに出かけていくことになる。

(3・12「容貌について」)

塔の書斎は円形で、ぐるりと書棚に囲まれていて、気の利いた引用文などをすぐ孫引きできる選文集が揃っているから、名文を拝借しようと思えば簡単なんですよと述べて、執筆の舞台裏を明かしている個所である。「この種の編纂者の書物」としては、有名どころではエラスムス『格言集』が挙げられる。それ以外にも、スペインの歴史家ペドロ・デ・メシア『さまざまな教訓』、ロディギヌスというイタリアのユマニストの『古代選文集』などを愛用していたらしい。

だが彼は『エセー』を、巷によくある孫引きで書かれた書物、「常套句でこね上げたミートパイ」とは別物なのだと主張する。そうした代物は、しょせんは剽窃にすぎず、個性も持ち合わせてはいないじゃないですか、他人のものを盗み取るのはダメです、わたしの作品は、そのような代物とはまったく違うのですと、彼は主張するのだ。

では、なにが異なるのだろうか?

「たくさん借用をおこなうものの、新たな使い道のために、どれかを変装させたり、変形したりして、うまく隠しおおせるのが楽しみなのである。そして、「本来の用法を理解していないから、そんなことになるのだ」と、人にいわれるのを承知の上で、自分の手でわざと特別なニュアンスを与えることによって、単なる借り物に終わらないようにするのである」(3・12)。

モンテーニュは、借用は素直に認める。ただし、自分の読んだ古典を熟読し、消化した上で、あくまでも自分の文章として提示するというのだ。借りるけれど、自己流に変形して、自分なりのニュアンスを持たせるのだ。「わたしの土地に移植して、わたしのと混ぜるときには、わざと著者の名前を隠している」(2・10「書物について」)と白状するごとく、引用の際も、典拠を明記することは稀である。

だから、いいですか、わたしを非難するときには、気をつけなさいよ、「わたしだと思って、プルタルコスを侮辱すればいいし、わたしだと思って、セネカを罵倒して、やけどでもすればいい」(2・10)のですと、逆に読者を挑発する。モンテーニュをやっつけていると思いきや、プルタルコスやセネカに喧嘩を売ることになりかねませんよ、というのだ。なんとも痛快なる借用宣言ではないか。

こうしたことを書き連ねていると、モンテーニュこそは、古典が、いや文学作品の本質が、テクストと読者との対話の内に、両者が取り結ぶ関係の内にあって、しかも、その関係性が固定されてはおらず変化していくことを、強く意識した最初の文学者ではなかったかとも思う。現に彼は、「鋭い読者は、しばしば他人の著作のなかに、その作者が書き入れたと自認するものとは別の長所を発見して、そこに、より豊かな意味や様相を読みとる」(1・23/24「同じ意図から異なる結果になること」)と明言している。彼がテニスの試合に喩えて、「ことば《パロール》とは、半分は話し手のもの、半分は聞き手のものだ」(3・13「経験について」)と規定した有名な個所も、「ことば」を「テクスト」と読み替えればいい。

モンテーニュの発想法には、とても現代的なところがある。

## 7-3 「ぴったりとは合わない寄せ木細工」とソクラテス

わたしの書物は、つねにひとつなのである。ただし、新版を出すときには、それを買いにきたお客さまを手ぶらで帰してもいけないから、あえて、少しばかり余計な飾りを付け足すことにしている。なにしろ、この書物は、そもそもがぴったりとは合わない寄せ木細工にすぎないのだから。そうした加筆は余分な重しで、最初の形を非とするようなものではなく、ちょっとばかり欲張った工夫をすることで、後続のそれぞれの形に、個別の価値を与えるものなのだ。けれども、そのことのせいで、年代が前後するようなことも起こりがちだと思う。わたしの話は、

——かならずしも年代順ではなくて、そのときどきの都合次第なのである。

(3・9「空しさについて」)

ここが、自作を「寄せ木細工 marqueterie」と形容した名高い個所である。

『エセー』は読者に好評であった。地元で自費出版した初版(一五八〇年)から二年後には第二版が出た。せっかく「特認」と呼ばれる出版独占権を獲得しても、初版だけで終わるのがふつうだった当時にあって、モンテーニュ『エセー』の場合は輝ける例外である。一五八八年には、全三巻で構成される生前決定版が首都パリで出版され、死後も「手沢本」にもとづく「訂正・増補版」が上梓されるが、このあたりのいささか込み入った事情についてはコラム4をお読みいただきたい。それ以降も、その都度、「事項索引」「小見出し」「作者小伝」「出典」といった新機軸をプラスした新版が世に送り出される。そして一方では、作品の人気のバロメーターとしての海賊版も、ジュネーヴなども含めた各地で発売されたのだった。

モンテーニュは、「付け加えはしても、訂正はしない」(3・9)と自称するほどの加筆魔だった。ただし、「熱くなってしまい、訂正したり」(2・12「レーモン・スボンの弁護」)ともあるように、訂正もするのだから用心しよう。それはともかく、加筆というおまけはお客様のためを思ってのことなのですから、ご理解くださいねと、釈明をしている。その結果、「ぴったりとは合わない寄せ木細工」のような代物となりましょうが、なにとぞご理解のほどを、というわけだ。

『エセー』という不細工な作品。第2章で紹介したように、この見立ては、「容貌について」(3・12)という章において、ソクラテスという醜い外見の奥には美しい魂がひそんでいると述べて、プラトンの『饗宴』を借用したこととも結びつく。そこでの議論はしばし、美醜について進んで行って、モンテーニュは自分は恵まれた顔の持ち主、要するに「ソクラテスの見かけとは反対」なのであって、おかげですぐ信頼されたり、外国で親切にされたものだとも話していた。

しかもその途中で、「美と善とは隣接している」(3・12)などとぽろっと口にするものだから、騙されかねないが、ここは気をつけないといけない。醜さに隠れた美しさとは、学識に隠れた、空虚な精神へのアンチテーゼにほかならない。

そしてもうひとつ、注目すべきは、「ラ・ボエシーのきわめて美しい魂を包んでいたみにくさも、この種のものであった」(3・12)と、亡き親友の容貌のみにくさをソクラテスのそれになぞらえている点だ。みにくさとは、美しい魂の仮面なのである。したがって、モンテーニュは、ソクラテスやラ・ボエシーの外見のみにくさと、『エセー』という「愚にもつかぬ代物」(1・25/26「子供たちの教育について」)の不細工さとを関連づけていたに相違ない。

モンテーニュは、前半で愛と美を、後半で修辞学と弁論術を扱ったプラトン『パイドロス』を、

「奇妙な縞模様に二分割されたプラトンの対話篇」と表現している。そして、こうした「風にまかせて転がっていく」書き方が大きな魅力を発揮していると述べて、アンバランスさをむしろ好ましいものとみなす。プルタルコスだって、テーマが忘れられて「無関係な題材のせいで息も絶え絶え」になっていたりするけれど、それがいいのですよ、「神さま、この陽気で機知あふれる脱線や、変奏はなんと美しいことでしょう！」と、出たとこ勝負、筆まかせのスタイルを弁護している(3・9)。

ソクラテスが引き合いに出されることもあって、モンテーニュのこうした積極的な言い訳を読んでいると、わたしにはラブレーのことが思い浮かんでくる。

『エセー』の最終章でモンテーニュが、「われわれは、このソクラテスという人物像を、あらゆることがらにおいて完璧さの規範となるべき実例として、たえず引き合いに出してみなければいけない。充実した、純粋な生き方の実例といっても、そのようなものは、ごくわずかしか存在しない」(3・13「経験について」)と書いていることに着目しよう。

この表現は、知識・弁舌に頼るソフィスト的な知を脱却してソクラテス的な知をめざした巨人王パンタグリュエルに関する、ラブレー『第三の書』の語り手の、「パンタグリュエル王は、楽しい完璧さのすべての、イデーにして、規範でございましたのでして――みなさまがた、お酒が好きな方は、だれひとりとして、これに疑義を抱くことはないものと信じてはおりますが」(ラブレー『第三の書』第五一章)という、道化た物言いと相通じるではないか。

そのラブレーは、『ガルガンチュア』の「前口上」で、自作を、一見すると不細工な「ソクラテスという箱」にたとえてから、こう述べている。

「ひとたび、このソクラテスという箱をあけてみますと、なかには、この世のものとは思われぬ、なんとも貴重な薬種が見つかるのですから、さお立ち会い。つまりですね、とても人間とは思われない知性や、驚くべき精神力が、はたまた不屈の勇気や、たぐいまれなる節度が、さらには無欲恬淡にして、毅然とした心もちが見つかるのです」。

ラブレーは、不格好でみにくい外見をしていても、この作品を熟読玩味して「滋味豊かなるエキス」を吸収しないと、「思慮深く、賢明な」存在にはなれませんよと前口上をふるうのだ。しかも『第三の書』「前口上」では、白と黒の縞模様の奴隷という寓話に託して、不細工なパッチワークである自作に対する自覚を打ち明けて、読み手の「パンタグリュエリスム」という善意に期待を寄せる。小説というなんでもありで、ゲテモノ食いのジャンルを採用したがために、このような不安と期待を抱くことになったのである。

美と醜の反転が、賢と愚の反転とリンクしていることはいうまでもない。ルネサンスとは、「ワイズフール」の、撞着語法(オクシモロン)の時代なのであった。

片やモンテーニュはといえば、「エッセイ」という形式というか、新しい器を作り出して、この器にあれこれ盛り合わせて「雑多な寄せ集め《ラプソディ》」(1・13「国王たちの会談における礼儀」)にしたばかりか、「《針路をそれて、おまえはどこに行ってしまうのだ》(ウェルギリウス『アエネイス』)」(3・9)とばかりに、たびたび脱線した。したがって、ラブレーと同じく期待と不安で揺れていたのだと思う。

でも彼は、わたしは自分で好んで脇道にそれているのですと、居直ってみせる。そして、「わたしの想念は、次々と続いているのだが、遠く離れて続いているのだ。それらは見つめ合っているのだが、横目づかいに見つめ合っているのである」(3・9)と言い放つのだった。

こうしてみると、ラブレーも、モンテーニュも、その作品は縞々模様の、不細工な「寄せ木細工」にちがいない。でも、ルネサンス文学の魅力とは、まさしくそうしたところに、一種のちぐはぐさにあるのだと常々思うのである。

## 7-4 「エッセイ」の誕生

「拙著の各章のタイトルは、かならずしも内容とは一致しておらず、なにがしかのしるしで、中身を示しているだけのことも多い」とか、「わたしの場合、内容の重さで読者の注意を引きとめることができないから、せめて乱雑さで引きとめられれば、それで《まんざらでもない《マンコ・マーレ》》のである」などと豪語して、「ぴょんぴょん、ぽんぽんと飛び跳ねながら」、徒然なるままに筆を進めていったモンテーニュ(3・9「空しさについて」)。その結果が『エセー』として、後世のわれわれに残されている。

モンテーニュはいわゆる哲学者ではないだろうし、学者でもない。古今の、また身辺のさまざまな素材を前にして、「瀬踏みや小手調べ」をおこなって、「こねたり、かきまぜたり、温めたりして」、われわれ後世の人間が「楽に享受できるように……道を開いて」(2・12「レーモン・スボンの弁護」)くれたのだ。それが全部で一〇七章の、試み・経験としての『エセー』ということだ。

章の長さにしても、拙訳でわずか二ページ足らずの「一方の得が、他方の損になる」(1・21/22)から、三〇〇ページ近い「レーモン・スボンの弁護」(2・12)までとばらばらなのであって、いかにもモンテーニュらしく不格好な「寄せ木細工」を形づくっている。また、初期の『エセー』は、もちろんその後加筆訂正をおこなうとはいっても、まだモンテーニュのスタイルが未完成で、古典のテクストを、自分の文章として本文に取り込むこともどちらかといえば少ない。その結果、やたらと引用が目立つ個所もなきにしもあらずである。

このような事情もあるから、『エセー』を最初から、つまりは第一巻第一章から律儀に読んでいくと、まずほとんどの読者が頓挫してしまう。かつてのわたしがその典型であった。

であるからして、拾い読みでかまわないと思う。あるいは、長い章がほとんどだけれども、

『エセー』第三巻(全一三章)の読破にチャレンジするのもいい。かなり濃密な内容で、「思想と文体が十分に融合」(後述する、堀田善衞の表現)しているし、第五章「ウェルギリウスの詩句について」のように性の問題を扱った赤裸々な章もあるから、読み通せるのではないだろうか。第一巻、第二巻は、その後にしてかまわない。最長かつ難解な「レーモン・スボンの弁護」は、一番最後にすればいい。

すでに説明したように、モンテーニュは古典を自家薬籠中のものとして、『エセー』のなかに浸透させている。だから、『エセー』を読んで興味深い個所にぶつかったら、次のステップとしては、訳注などを参考にして、プラトン、プルタルコス、ルクレティウス、キケロ、セネカといった、モンテーニュがときに原語で、ときに翻訳で熟読して我がものとした古典の世界を気ままに逍遥するのも大変に楽しい。

ギリシア・ローマの古典への導きの書としての『エセー』の魅力は、とても大きいのだし、同時代の読者には、そうした選文集として受容された側面がかなりあったのだ。というか、『エセー』にはヨーロッパの古典的英知のエッセンスが詰まっているのである。

モンテーニュの『エセー』は、「エッセイ」(随想、随筆)というジャンルの元祖である。でも、その後継者は本家のフランスではなく、イギリスに出現した。ジョン・フロリオによる『エセー』英訳の出版(一六〇三年)以前から、イギリスでは翻訳が写本で回覧されて話題になっていたという。

そしてフランシス・ベーコン『随想録 *The Essays*』(一五九七年)あたりを嚆矢として、その後、ジャーナリズムの発展とともに、ジョーゼフ・アディソン、『エリア随筆 *The Essays of Elia*』(一八二三年)のチャールズ・ラム、『卓上談 *Table Talk*』(一八二一年)のウィリアム・ハズリットなどを輩出、いわゆる文人エッセイストの系譜が続いていくのだから、イギリスでは「エッセイ」なるジャンルの輪郭もそれなりに了解されていたにちがいない。

たとえば有名なサミュエル・ジョンソン『英語辞典』(一七五五年)における「エッセイ」の定義は、「心情のゆるやかなほとばしり。規則だった秩序ある構成ではなく、不規則で、まとまりのない作品」と書かれていて、十分に納得がいくのだ。

ところが、本家フランスでは事情がちがった。『エセー』を受け継ぐ形でのエッセイはなかなか現れなかったという印象が強い。たとえば、『一九世紀ラルース百科事典』の「エセー essai」の項目における説明などは、フランスにおけるエッセイなるジャンルの不分明さを物語っている。「その主題、形式、配列などからして、もっと正確なタイトルで、より明確に定義されたジャンルのうちに、その作品を分類することができないような作品に対して、作家たちはしばしば、「エセー」という名称を付けている」。

「定義されたジャンル」に分類できない作品という定義が、ある意味でエッセイの本質を照らし出してはいる。そのあとで、この百科事典が「「エセー」という言葉を、表面的で、軽々しく論じられた著作と理解してはならず、その主題に含まれたことがらを詳説することのない著作と了解すべきである。そこには、広大かつ高尚な主題を前にした、著者の謙虚さを見ることができる」と付け加えているのも興味深い。「謙虚さ」もまた、エッセイの条件であるにちがいないのだ。

とはいえ、ではフランスのエッセイストはだれですかと正面切って尋ねられると、かなり迷うのではないだろうか。『プロポ』(『幸福論』などが有名)を書いたアランが筆頭に挙がるのはまちがいないところだ。これ以外だと、ロラン・バルト(『批評をめぐる試み』など)、ミシェル・トゥルニエ(『海辺のフィアンセたち』『イデーの鏡』)、わが愛するロジェ・グルニエ(『写真の秘密』『パリはわが町』『書物の宮殿』など)といった作家たちが思い浮かぶのだが。

エッセイの系譜を簡単にたどってきたけれど、このジャンルに関しては、イギリス流の文人エッセイストを体現して、数多くの名エッセイを残して逝った丸谷才一(1925-2012)の発言がみごとだと思う。『一九世紀ラルース』の説明とも呼応する「エッセイ、定義に挑戦するもの」(『文学のレッスン』)と題した座談を断片的に引いてみる。

「モンテーニュという人の、人柄みたいなものからエッセイは始まったんでしょうね。非常に親密な感じ、ざっくばらんで率直である。いいかげんで格好をつけないところ……定型がない不定型な感じ」、「プルタルコスのエッセイは参考にしただろうけど、一種怖いもの知らずみたいな形式」、「モンテーニュという自由な精神が自由な形式をつくった。そのとき文学という世界の窓が大きく開けられて、非常に気楽な、自由闊達なことになったのではないのかな」。

なんとわかりやすく、親しみがもてる説明であることか。この作家のうちには、英国流エッセイの精神がしみこんでいる。

とはいえ、元祖フランス流も出さないことにはバランスが悪い。モンテーニュの長大な評伝を書いた堀田善衞(1918–1998)という偉大な存在がある(丸谷は英文出身、堀田は仏文出身)。

堀田は、『方丈記私記』『定家明月記私抄』など、古典とその作者を対象として、「わたし」の視点からみごとなエッセイをいくつも書き残した。この文人エッセイストは、『エセー』のタイトルについて、これを『経験録』あるいは『経験の記』と訳してもいいのではといってから、こう述べている。

「多くの読書人がミシェルの書き物を敬遠し、たとえ読み始めたとしても、大抵途中でこれを放棄してしまうのは、そこにあまりに哲学的随想なるものを想定し過ぎるからである。何よりもこれは人生にあっての経験、体験の書なのであった」(『ミシェル 城館の人』第一部)。

「哲学」としてしかつめらしく考えて読むのではなくて、「経験」「体験」の書物として読めば、親しみをもって読み進められますということであろう。思い返せば、わたし自身も若い頃に、真っ正面からアタックして跳ね返された。そんな攻め方ではなく、もう少し軽いフットワークでいけばよかったのだ。

「わたしは、こうした古代のチャンピオンとまともに立ち向かって、一対一で格闘したりなどしません。何度も何度も、軽く、細かく攻撃するだけなのです。まともに体当たりなどはせずに、軽くジャブを入れてみるだけなのです」(1・25/26「子供たちの教育について」)と、モンテーニュ本人が古典と対峙する方法をアドバイスしてくれているではないか。「秩序も、目的も、とりとめもなくページをめくる」(3・3「三つの交際について」)とも語っていたではないか。そうしたスタイルでかまわないと思う。『エセー』を、気ままなエッセイとして読み始めてみよう。

そうすると、泉下のモンテーニュが、「なるほどね。でも読者は、そんなことで、時間をむだに過ごしたと、あとで後悔するのではないでしょうか?」(3・9「空しさについて」)と茶々を入れるかもしれない。

でも、そのすぐあとで、「そうかもしれない。でも、そうやって暇をつぶすことをやめたりしませんよ、読者は」といってくれるにちがいないのである。

## あとがき

わたしはフランス・ルネサンス文学の研究者ということになっているけれど、厳密にいえばフランソワ・ラブレーが専門で、モンテーニュの『エセー』を研究しているわけではない。しかも、『エセー』の原文はてごわい。だから、若い頃は部分的に読んでいたにすぎなかった。とはいえ『エセー』は、「まえがき」でも書いたように「人生の書、英知の書」であるからして、人生経験を積むとともに、じわりじわりと親しみも増していった。

やがて五〇代の半ば近くになって、『エセー』の抄訳をという話が降ってきた。他に適当な人がいるのではと、躊躇するところもあったものの、いくつかの章を選んで訳すのならば、良い記念になるのかなと思って引き受けた。それが『モンテーニュ『エセー』抄』(みすず書房)で、「大人の本棚」というシリーズの一冊だった。本人としては、これが自分にとっての『エセー』の卒業証書という気持ちなのだった。ところが、この抄訳が意外と好評で、次は、全訳しませんかという話が降ってきた。ラブレーと並行してモンテーニュを訳すなどは、まったくもって無茶苦茶な話なのだけれど、無理を承知で引き受けた。この間、二〇〇五年には、はじめてモンテーニュの城館を訪ねることができた。アントウェルペンの「プランタン゠モレトゥス印刷博物館」(世界文化遺産）にも何度か赴いて、グルネー嬢編の『エセー』を調査した。もっとも、モンテーニュ『旅日記』ルート完全踏破の夢はさすがに実現せず、ごく一部をかすめるにとどまった。でも、こうした経験や夢想が、『エセー』との距離を縮めてくれたことだけはまちがいない。

この時期、わたしは七年間にわたって雑誌『図書』の表紙も担当していた。これを『カラー版書物史への扉』として単行本にしてくださったのが、新書編集部の杉田守康さんだった。ちなみにこの本には、モンテーニュ関連が四点（『エセー』手沢本など）、それに本書でもふれたマテーウス・シュヴァルツ『服飾自伝』など、いずれもカラー図版で収められている。是非とも手に取ってみていただきたい。

『書物史への扉』を刊行した二〇一六年は、拙訳『エセー』（白水社）の完結の年でもあった。その翌年であったか、杉田さんから、モンテーニュを新書でとのお誘いを受けた。能力はともかく、ありがたい提案だった。「書物誕生　あたらしい古典入門」（岩波書店）、「光文社古典新訳文庫」、池澤夏樹編「日本文学全集」（河出書房新社）での作家による古典の翻訳、はたまたEテレの「100分de名著」等々、最近は、古典を身近なものとするためのさまざまな試みが盛んだ。翻訳を手がけているうちに、わたしにも、古典としての『エセー』への手引きも書いてみたいという気持ちが芽生えていた。わが脳内にストックされている情報も、今ならば引き出せる。岩波新書では、原二郎『モンテーニュ――『エセー』の魅力』（一九八〇年）が入門書の役割をはたしてきたが、拙訳

『エセー』は底本も異なるし、新機軸の新書があってもおかしくないのではないか。
こう思って着手したのはいいけれど、昨年の夏、体調をおかしくして執筆にブレーキがかかってしまった。けれども、杉田さんの親切なアドバイスによって仕切り直しをおこなって、なんとか書き終えることができた。本書の構成から始まり、最後の最後まですっかりお世話になりました。本当にありがとうございました。本書を仲立ちにして『エセー』に魅せられて、「とりとめもなくページをめくり、時には夢想を」(3・3「三つの交際について」)めぐらせるような読者が増えるならば、著者としてこれにまさる喜びはありません。

二〇一九年五月

宮下志朗

## 随筆

## 哲学・思想

| | |
|---|---|
| ルイ・アルチュセール | 市田良彦 |
| 異端の時代 | 森本あんり |
| ジョン・ロック | 加藤　節 |
| インド哲学10講 | 赤松明彦 |
| マルクス 資本論の哲学 | 熊野純彦 |
| トマス・アクィナス 理性と神秘 | 山本芳久 |
| 生と死のことば 中国の名言を読む | 川合康三 |
| アウグスティヌス 「心」の哲学者 | 出村和彦 |
| 日本文化をよむ 5つのキーワード | 藤田正勝 |
| 矢内原忠雄 戦争と知識人の使命 | 赤江達也 |
| 中国近代の思想文化史 | 坂元ひろ子 |
| 憲法の無意識 | 柄谷行人 |
| ホッブズ リヴァイアサンの哲学者 | 田中　浩 |
| プラトンとの哲学 対話篇をよむ | 納富信留 |

| | |
|---|---|
| 〈運ぶヒト〉の人類学 | 川田順造 |
| 哲学の使い方 | 鷲田清一 |
| ヘーゲルとその時代 | 権左武志 |
| 柳　宗悦 | 中見真理 |
| 人類哲学序説 | 梅原　猛 |
| 加藤周一 | 海老坂武 |
| 哲学のヒント | 藤田正勝 |
| 空海と日本思想 | 篠原資明 |
| 論語入門 | 井波律子 |
| トクヴィル 現代へのまなざし | 富永茂樹 |
| 和辻哲郎 | 熊野純彦 |
| 現代思想の断層 | 徳永　恂 |
| 宮本武蔵 | 魚住孝至 |
| 西田幾多郎 | 藤田正勝 |
| 丸山眞男 | 苅部　直 |
| 西洋哲学史 近代から現代へ | 熊野純彦 |
| 西洋哲学史 古代から中世へ | 熊野純彦 |
| 世界共和国へ | 柄谷行人 |

| | |
|---|---|
| 悪について | 中島義道 |
| 偶然性と運命 | 木田　元 |
| 近代の労働観 | 今村仁司 |
| プラトンの哲学 | 藤沢令夫 |
| 術語集 II | 中村雄二郎 |
| マックス・ヴェーバー入門 | 山之内靖 |
| ハイデガーの思想 | 木田　元 |
| 臨床の知とは何か | 中村雄二郎 |
| 新哲学入門 | 廣松　渉 |
| 「文明論之概略」を読む 上・中・下 | 丸山真男 |
| 術語集 | 中村雄二郎 |
| 死の思索 | 松浪信三郎 |
| 生きる場の哲学 | 花崎皋平 |
| イスラーム哲学の原像 | 井筒俊彦 |
| 北米体験再考 | 鶴見俊輔 |
| アフリカの神話的世界 | 山口昌男 |
| 孟　子 | 金谷　治 |
| 孔　子 | 貝塚茂樹 |

# 岩波新書新赤版一〇〇〇点に際して

ひとつの時代が終わったと言われて久しい。だが、その先にいかなる時代を展望するのか、私たちはその輪郭すら描きえていない。二〇世紀から持ち越した課題の多くは、未だ解決の緒を見つけることのできないままであり、二一世紀が新たに招きよせた問題も少なくない。グローバル資本主義の浸透、憎悪の連鎖、暴力の応酬――世界は混沌として深い不安の只中にある。

現代社会においては変化が常態となり、速さと新しさに絶対的な価値が与えられた。消費社会の深化と情報技術の革命は、種々の境界を無くし、人々の生活やコミュニケーションの様式を根底から変容させてきた。ライフスタイルは多様化し、一面では個人の生き方をそれぞれが選びとる時代が始まっている。同時に、新たな格差が生まれ、様々な次元での亀裂や分断が深まっている。社会や歴史に対する意識が揺らぎ、普遍的な理念に対する根本的な懐疑や、現実を変えることへの無力感がひそかに根を張りつつある。そして生きることに誰もが困難を覚える時代が到来している。

しかし、日常生活のそれぞれの場で、自由と民主主義を獲得し実践することを通じて、私たち自身がそうした閉塞を乗り超え、希望の時代の幕開けを告げてゆくことは不可能ではあるまい。そのために、いま求められていること――それは、個と個の間で開かれた対話を積み重ねながら、人間らしく生きることの条件について一人ひとりが粘り強く思考することではないか。その営みの糧となるものが、教養に外ならないと私たちは考える。歴史とは何か、よく生きるとはいかなることか、世界そして人間はどこへ向かうべきなのか――こうした根源的な問いとの格闘が、文化と知の厚みを作り出し、個人と社会を支える基盤としての教養となった。まさにそのような教養への道案内こそ、岩波新書が創刊以来、追求してきたことである。

岩波新書は、日中戦争下の一九三八年一一月に赤版として創刊された。創刊の辞は、道義の精神に則らない日本の行動を憂慮し、批判的精神と良心的行動の欠如を戒めつつ、現代人の現代的教養を刊行の目的とする、と謳っている。以後、青版、黄版、新赤版と装いを改めながら、合計二五〇〇点余りを世に問うてきた。そして、いままた新赤版が一〇〇〇点を迎えたのを機に、人間の理性と良心への信頼を再確認し、それに裏打ちされた文化を培っていく決意を込めて、新しい装丁のもとに再出発したいと思う。一冊一冊から吹き出す新風が一人でも多くの読者の許に届くこと、そして希望ある時代への想像力を豊かにかき立てることを切に願う。

（二〇〇六年四月）

宮下志朗

1947年生まれ．東京大学大学院修士課程修了
現在―放送大学・東京大学名誉教授
専攻―ルネサンス文学，書物の文化史
著書―『カラー版 書物史への扉』
『神をも騙す』(以上，岩波書店)
『本の都市リヨン』(晶文社，大佛次郎賞)
『ラブレー周遊記』(東京大学出版会)
『読書の首都パリ』(みすず書房)
『書物史のために』(晶文社)
訳書―モンテーニュ『エセー』全7巻(白水社)
ラブレー『ガルガンチュアとパンタグリュエル』全5巻(ちくま文庫，読売文学賞・日仏翻訳文学賞)
『フランス・ルネサンス文学集』全3巻(共編訳，白水社)
グルニエ『書物の宮殿』(岩波書店) ほか

モンテーニュ 人生を旅するための7章
岩波新書(新赤版)1786

2019年7月19日 第1刷発行

著 者 宮下志朗《みやしたしろう》

発行者 岡本 厚

発行所 株式会社 岩波書店
〒101-8002 東京都千代田区一ツ橋2-5-5
案内 03-5210-4000 営業部 03-5210-4111
https://www.iwanami.co.jp/

新書編集部 03-5210-4054
http://www.iwanamishinsho.com/

印刷・精興社 カバー・半七印刷 製本・中永製本


ISBN 978-4-00-431786-9 Printed in Japan
JASRAC 出 1906046-901

# 『エセー』総目次

章番号・章題は白水社版による．第1巻の(　)内の数字は
岩波文庫版ほかの章番号(コラム4参照)．

## 第 2 巻

## 第3巻

# モンテーニュ(1533-1592) 略年譜

[3・11]とあれば『エセー』第3巻第11章に関連する記述があることを，[日録]とあれば『家事日録』に記述があることを示す．

**1533年**2月28日　Michel Eyquem de Montaigne，南仏ペリゴール地方モンテーニュ村の城館で生まれる[日録]．8人兄弟の長男．ワインや染料の取引で財をなした家系で，父ピエール(1495-1568)はのちにボルドー市長となる．母アントワネット(1510頃-1601)は「マラーノ」(キリスト教に改宗したユダヤ人)の子孫とされる．ミシェルは，まもなく里子に出される．

**1535年**　ラテン語の直接教授法による教育を受ける[1・25/26]．

**1539年**　最年少でボルドーのギュイエンヌ学寮に学ぶ(1546年まで)[1・25/26]．

**1540年代後半-1550年代前半**　トゥールーズ，パリなど各地の大学で学んだらしい．

**1547年**3月31日　フランソワ1世が没し，アンリ2世が即位．

**1554年**　父ピエールがボルドー市長となる．ペリグーに租税法院(御用金裁判所)が設置される．その評定官(判事)となった叔父のゴージャック殿は，この官職を甥のミシェルに譲る．

**1557年**　ペリグー租税法院がボルドー高等法院に吸収され，モンテーニュもその判事となる．やがて，同僚のエチエンヌ・ド・ラ・ボエシー(1530-1563)と知り合い，肝胆相照らす仲となる[1・28/29]．

**1559年**7月10日　アンリ2世が没し，フランソワ2世が即位．モンテーニュは，新王に従ってバール＝ル＝デュックに行く[2・17]．

**1560年**9月　トゥールーズ高等法院が「にせ亭主事件(マルタン・ゲール事件)」で死刑判決をくだす[3・11]．

12月5日　フランソワ2世が没し，シャルル9世が即位．カトリーヌ・ド・メディシスが摂政となる．

**1562年**　「一月王令」で，新教徒は信仰の自由と市壁外での礼拝の自由，市内の私邸での集会を許された．王権の寛容政策への不満から，新旧両派の対立が激化．

3月1日　ヴァシーで多くの新教徒が殺され(「ヴァシーの虐殺」)，宗教戦争が始まる．
モンテーニュはパリで，パリ高等法院によるカトリック信仰の宣誓に参加．その後，シャルル9世に従ってルーアンに赴き，3人のネイティヴ・アメリカンと会見[1·30/31]．
**1563年** 8月18日　「分身」とまで思っていたラ・ボエシーが，流行病で死去．
**1565年**　ボルドー高等法院の上司の娘フランソワーズ(1544–1627)と結婚[日録]．以後，6人の子供を授かるが，ほとんど早死にして，成人したのは次女レオノール(1571–1616)のみ．
**1568年** 6月18日　父ピエールが死去[日録]．ミシェルがモンテーニュ家の当主となり，家督を継ぐ．
**1569年**　スペインの神学者レーモン・スボンの『自然神学』を仏訳し，パリで刊行[2·12]．
**1570年**　知人のフロリモン・ド・レーモン(1540–1601)にボルドー高等法院判事の職を譲る．
**1571年**　亡き友ラ・ボエシーの作品集を刊行(パリ，フレデリック・モレル書店)．モンテーニュ村のシャトーに隠遁し，領地の管理と読書三昧の日々に入る．
**1572年** 8月23–24日　パリでサン＝バルテルミーの虐殺が起こり(カトリックに改宗したアンリ・ド・ナヴァールは軟禁)，地方にも波及する．この頃『エセー』を書き始めたのか．
**1574年** 5月　ボルドー高等法院で，新教徒の動きに備えるべきだとの演説をおこなう．
5月30日　シャルル9世が没し，アンリ3世が即位．
**1576年**　天秤の図柄と，「わたしは動かない」という銘のメダルを鋳造する[2·12]．
2月　アンリ・ド・ナヴァール，ルーヴル宮を脱出して帰郷し，新教徒たることを宣言する．急進的なカトリックであるギーズ公アンリを中心に「旧教同盟 La Ligue」が結成される．
**1577年**　腎臓結石症の発作．以後，生涯苦しめられる[2·37][3·13]．
**1580年**　『エセー』初版の刊行(第1巻・第2巻のみ．ボルドー，シモン・ミランジュ書店)．
6月　持病の治療とローマ詣での長期旅行に出る[3·9]．パリで

はアンリ3世に拝謁．以後，プロンビエール，スイスのバーデンなどで温泉治療をしながら，12月にローマ到着．税関での検査で，『エセー』を含む書物を押収される．年末，フランス大使の案内で教皇グレゴリウス13世に拝謁．

**1581年**3月20日　『エセー』の返却に際して「検閲」個所への言及がなされる．4月25日，聖地ロレートで家族の肖像を奉納．8月1日，本人不在のうちにボルドー市長に選出される[日録][3･10]．9月7日，トスカーナのデラ・ヴィッラ温泉で湯治中にその知らせがローマ経由で届く．結局は受諾して，11月30日に帰宅[日録]．

**1582年**　『エセー』第2版(ボルドー，シモン・ミランジュ書店)．市長としてパリに上京し，ボルドーの自治権をめぐりアンリ3世と交渉する．

**1583年**　市長に再選される[3･10]．上層階級が税を免れ，庶民が苦しんでいるとして，市の参事5人と連名でアンリ3世に上奏文を送る．

**1584年**　王弟アンジュー公フランソワが死去，王位継承権はアンリ・ド・ナヴァールに移る．アンリ・ド・ナヴァール，アンリ3世によるカトリックへの改宗勧告を拒絶．

12月19日　アンリ・ド・ナヴァール，モンテーニュの館を訪れて宿泊[日録]．

**1585年**6月　ボルドーでペストが流行[3･12]．

7月末　市外で市長職を後任に引き継ぐ．『エセー』第3巻を書き始める．

**1586年**7月2日　カトリック神学者のピエール・シャロン(1541-1603)がモンテーニュの館を訪問する．

**1587年**10月22日　アンリ・ド・ナヴァールがモンテーニュの館を再訪する．モンテーニュはアンリに，宗教戦争の終息と王位継承のための方策などを説いたのか．

パリのジャン・リシェ書店が『エセー』刊行．本文は第2版とほぼ同一だが，有力書籍商からの刊行ゆえ，海賊版とは考えられない．とはいえ，「特認」が付されていないし，この版の位置づけは曖昧である．

**1588年**5月12-18日　「旧教同盟」を率いるギーズ公アンリがパリに入城し，これに呼応してパリ市民が蜂起する(「バリケードの

日」). アンリ3世は首都を脱出してルーアンに向かい, モンテーニュも同行したらしい.

この頃, マリー・ド・グルネー(1566-1645)はパリで, 憧れのモンテーニュとの初対面をはたす[2・17]. 両者は意気投合し, モンテーニュはピカルディ地方のグルネー嬢の実家に滞在.

6月　第3巻までを収めた『エセー』(パリ, アベル・ランジュリエ書店)刊行.

7月10日　パリに戻ったモンテーニュは「旧教同盟」派に捕らえられるも, カトリーヌ・ド・メディシスの介入で即日釈放される[日録].

12月　アンリ3世は「ブロワの三部会」を召集し, ギーズ公アンリなど「旧教同盟」の首脳を暗殺する[日録]. カトリックから敵視された国王は, ユグノーのアンリ・ド・ナヴァールと接近する.

**1589年** 8月1日　アンリ3世が「旧教同盟」のドミニコ会修道士に暗殺され, アンリ・ド・ナヴァールがアンリ4世として即位.

11月30日　アンリ4世より, 政界への復帰を願う書簡が来信.

**1590年** 7月20日　アンリ4世, モンテーニュに政界復帰を再度請う.

9月2日　アンリ4世に, 政界復帰を固辞する書簡を送る. 以後, 『エセー』への加筆の日々.

**1592年** 9月13日　モンテーニュ死去[日録].

**1593年**　グルネー嬢は, 文通していたフランドルの著名なユマニストのリプシウス(Juste Lipse)から, モンテーニュの死去を知らされる. モンテーニュの遺族・友人の力添えにより, 彼女は『エセー』死後版の編集に着手する.

7月25日, アンリ4世, サン゠ドニ大聖堂でカトリック改宗の儀式.

**1594年** 3月22日　アンリ4世, パリへの入城をはたす.

グルネー嬢, 『モンテーニュ氏の散歩』刊行(パリ, アベル・ランジュリエ書店). 内容は古代の悲恋物語. 1588年, モンテーニュと散歩中に語り聞かせたことからこのタイトルにしたと「序」にある.

**1595年**　モンテーニュ生前の加筆訂正にもとづく『エセー』死後版(パリ, アベル・ランジュリエ書店)が刊行される. タイトル

には「著者の死後見出された，新たなエディション．著者により，先行する刊本に対して，3分の1以上が訂正され，加筆された版」とある．グルネー嬢，モンテーニュの館に長期滞在し，モンテーニュの娘レオノールと親しくなる．

**1598年**4月13日　ナントの勅令(王令)．新教徒に信仰・礼拝の自由などが認められ，宗教戦争が終結する．

**1635年**　モンテーニュ『エセー』刊行(パリ，ジャン・カミュザ書店)．グルネー嬢編集による，最後の『エセー』．パトロンであるリシュリュー枢機卿への「書簡」が献辞として添えられた．

＊　＊　＊

1906-1933年　「ボルドー市版」『エセー』全5巻．

1922-1923年　ピエール＝ヴィレー版『エセー』全3巻．

1965年　ヴィレー＝ソーニエ版『エセー』全1巻．〔もっともスタンダードな版として，依拠されることが多い〕

2002年　『マリー・ド・グルネー全集』全2巻．

2003年　ポショテック版『エセー』．〔1595年版に依拠した『エセー』〕

2007年　プレイヤード版『エセー』．〔チボーデなどが編んだ旧版は「ボルドー本」が底本だったが，この新版では1595年版が採用されたことが画期的〕

# 主要参考文献


### 『エセー』の全訳

宮下志朗訳，白水社，全7巻，2005-2016年．〔本書ではこの拙訳から引用した．底本は1595年版〕

これ以外の全訳として，原二郎訳(岩波文庫，全6巻)，関根秀雄訳(国書刊行会，2014年．新潮社刊の旧版への訳者による新たな補筆訂正を反映させた死後版)，松浪信三郎訳(河出書房新社，全2巻)がある．〔いずれも底本は「ボルドー本」〕

### 『エセー』の部分訳

『エセー抄』宮下志朗訳，みすず書房，2003年(新装版2018年)．〔1595年版による初めての翻訳．最終章「経験について」など，長短合わせて11章を訳出〕

『エセー』I-III，荒木昭太郎訳，中公クラシックス，2002-2003年．〔全体の3分の2ほど〕

### モンテーニュのその他の著作

モンテーニュ『旅日記』関根秀雄・斎藤広信訳，白水社，1992年．〔本書での引用は拙訳〕

モンテーニュ『家事日録』宮下志朗訳，宮下志朗・伊藤進・平野隆文編『フランス・ルネサンス文学集3 旅と日常と』白水社，2017年，所収．

『モンテーニュ書簡集』関根秀雄訳，『モンテーニュ全集』9，白水社，1983年．〔書斎の天井の格言の訳なども収録〕

### ラ・ボエシーの著作

『自発的隷従論』西谷修監修，山上浩嗣訳，ちくま学芸文庫，2013年．

### モンテーニュ論など

アントワーヌ・コンパニョン『寝るまえ5分のモンテーニュ――「エセー」入門』山上浩嗣・宮下志朗訳，白水社，2014年．〔著

者はコレージュ・ド・フランス教授．毎回5分のラジオ番組40回分の活字化で，読みやすくてお勧め〕
大久保康明『モンテーニュ』清水書院〈人と思想〉，2007年．〔入門書として適当〕
堀田善衛『ミシェル 城館の人』全3巻，集英社文庫，2004年．〔初版も集英社，1991-1994年．宗教戦争という乱世にあって，狂信とは距離を置いたモンテーニュの生き方を描いた長大な評伝．自身の訳で『エセー』から引いているが，引用個所が記されていないのが残念〕
保苅瑞穂『モンテーニュ――よく生き，よく死ぬために』講談社学術文庫，2015年．〔初版は筑摩書房，2003年．著者はプルースト学者だが，モンテーニュ論もすばらしい〕
保苅瑞穂『モンテーニュの書斎――『エセー』を読む』講談社，2017年．
斎藤広信『旅するモンテーニュ――16世紀ヨーロッパ紀行』法政大学出版局，2012年．〔『旅日記』のルートを追いかけながら，ルネサンスの風景を描く〕
ロベール・オーロット『モンテーニュとエセー』荒木昭太郎訳，白水社〈文庫クセジュ〉，1992年．〔コンパクトで，濃密な記述〕
ジャン・スタロバンスキー『モンテーニュは動く』早水洋太郎訳，みすず書房，1993年．
ミシェル・ビュトール『モンテーニュ論――エセーをめぐるエセー』松崎芳隆訳，筑摩書房，1973年．〔『エセー』の構造をめぐる，かなりアクロバチックな議論〕
アントワーヌ・コンパニョン『第二の手，または引用の作業』今井勉訳，水声社，2010年．〔『エセー』を中心とした「引用」の系譜学で，20代のコンパニョンが仕上げた第三期博士論文〕
ピエール・ヴィレー『モンテーニュの〈エセー〉』飯田年穂訳，木魂社，1985年．〔本書での引用は拙訳〕

**その他，本書で言及した著作など**

プラトン『ソクラテスの弁明』納富信留訳，光文社古典新訳文庫，2012年．
プラトン『饗宴』中澤務訳，光文社古典新訳文庫，2013年．
『プルターク英雄伝』全12巻，河野与一訳，岩波文庫，1952-1956

年.〔初の原典完訳〕
プルタルコス『英雄伝』全6巻，柳沼重剛ほか訳，京都大学学術出版会，2007年-.〔刊行中の新訳〕
プルタルコス『モラリア』全14巻，戸塚七郎・松本仁助ほか訳，京都大学学術出版会，1997-2018年.〔全訳が完結したのは画期的〕
キケロー『トゥスクルム荘対談集』木村健治・岩谷智訳，『キケロー選集』12，岩波書店，2002年.〔本書では「キケロ」と表記した〕
セネカ『倫理書簡集』高橋宏幸・大芝芳弘訳，『セネカ哲学全集』5・6，岩波書店，2005-2006年.
『マキァヴェッリ全集6 政治小論・書簡』筑摩書房，2000年.〔フランチェスコ・ヴェットーリ宛て1513年12月10付け書簡を引用．和栗珠里訳〕
ラブレー『ガルガンチュア』宮下志朗訳，ちくま文庫，2005年.
ラブレー『第三の書』宮下志朗訳，ちくま文庫，2007年.
ギヨーム・ル・シュール『にせ亭主の驚くべき物語』宮下志朗訳，前掲『フランス・ルネサンス文学集3 旅と日常と』所収.〔にせマルタン処刑の翌年の1561年に出された小冊子．ルネサンス版法廷ミステリー〕
ジャン・ド・レリー『ブラジル旅行記』二宮敬訳，『大航海時代叢書II-20 フランスとアメリカ大陸(二)』岩波書店，1987年，所収.
パスカル『パンセ』全3巻，塩川徹也訳，岩波文庫，2015-2016年.
リュシアン・フェーヴル『フランス・ルネサンスの文明』二宮敬訳，ちくま学芸文庫，1996年.〔初版は創文社，1981年〕
モーリス・パンゲ『自死の日本史』竹内信夫訳，講談社学術文庫，2011年.〔初版は筑摩書房，1986年〕
ジェイムズ・ロム『セネカ 哲学する政治家——ネロ帝宮廷の日々』志内一興訳，白水社，2016年.
ナタリー・Z・デーヴィス『帰ってきたマルタン・ゲール——16世紀フランスのにせ亭主騒動』成瀬駒男訳，平凡社ライブラリー，1993年.〔初版は平凡社，1985年〕
クロード・レヴィ゠ストロース『悲しき熱帯』全2巻，川田順造訳，中公クラシックス，2001年.〔本書での引用は拙訳〕

クロード・レヴィ゠ストロース『大山猫の物語』渡辺公三監訳，福田康子・泉克典訳，みすず書房，2016 年.
アントワーヌ・コンパニョン「フォルチュナ・ストロウスキの後悔」宮下志朗訳，『エセー』3，白水社，2008 年，所収.〔『エセー』の校訂版をめぐる角逐などが活写されている〕
宮下志朗『ラブレー周遊記』東京大学出版会，1997 年.
宮下志朗「自伝としてのファッションプレート」『エラスムスはブルゴーニュワインがお好き』白水社，1996 年，所収.〔マテーウス・シュヴァルツの『服飾自伝』について詳しく紹介している〕
宮下志朗「アントウェルペンで『エセー』を見る」『みすず』516 号，2004 年.〔本書に図版も掲載した，グルネー嬢の手書きによる訂正の入った 1595 年版『エセー』の調査をめぐるエッセイ〕
宮下志朗「『エセー』の底本について ――「ボルドー本」から 1595 年版へ」『エセー』1，白水社，2005 年，所収.
宮下志朗「図書館・書斎，そして印刷術」，伊藤博明責任編集『哲学の歴史』4，中央公論新社，2007 年，所収.〔モンテーニュの書斎のほか，ペトラルカ，マキァヴェッリなどにふれている〕
宮下志朗「解説」，前掲『フランス・ルネサンス文学集 3 旅と日常と』所収.〔「2 家事日記，田舎の日記，都市の日記」で，モンテーニュ『家事日録』にとどまらず，ルネサンスの日記について論じている〕
中野孝次『ローマの哲人 セネカの言葉』岩波書店，2003 年.
中野孝次『セネカ 現代人への手紙』岩波書店，2004 年.
多和田葉子『エクソフォニー 母語の外へ出る旅』岩波現代文庫，2012 年.〔初版は岩波書店，2003 年〕
丸谷才一『文学のレッスン』新潮選書，2017 年.〔聞き手は湯川豊.初版は新潮社，2010 年〕
高橋英夫『友情の文学誌』岩波新書，2001 年.